# 首席駭客

4 駭客聖殿

銀河九天 著

Username

Password

sign in

# Contents 目錄

# 第一章　鴻門宴

「我這事也跟劉嘯有關，不過剛好和你相反，是因劉嘯而起！」

熊老闆早料到和劉嘯有關，他設下這鴻門宴，其實就是想看看能不能將這三人之間的疙瘩排解開，當下裝作一臉驚奇，「到底怎麼回事？你說說！」

劉嘯站在警局門口的傳達室，正在詢問自己要取回東西該去那個部門，就見一輛車子停在警局門口，然後塗禿頭走了下來，朝警局走進來。

劉嘯趕緊站到傳達室的門口，笑呵呵地看著禿頭走近，打著招呼：「喂，真巧啊！」

禿頭一皺眉，沒搭理劉嘯。

劉嘯繼續笑著：「我就納悶了，你怎麼就沒被舉報呢？」

禿頭頓時變色，聽劉嘯這意思，難道這小子準備舉報自己了？

禿頭回過身來，將劉嘯拽到一邊僻靜的地方，低聲道：「你小子不要亂來啊！我告訴你，你電腦的鑒定結果出來了，證實你有攻擊的嫌疑，現在專案組正召集負責人過來研究這事呢。」禿頭咬咬牙，「我也是專案組的負責人之一，只要我沒事，就能保你沒事，明白沒！」

「我本來就沒事，為啥要你保？」劉嘯瞪了禿頭一眼，其實心裏卻大大吃了一驚，昨天黃星還表示自己沒事了，怎麼只睡了一覺的工夫，自己就又有攻擊嫌疑了呢？

讓劉嘯更為納悶的是，自己電腦上該刪的都刪了，該清理的全部清理掉了，根本就沒有任何線索，何況上次還不是從自己電腦上發動攻擊的，只是遙控指揮而已，就算是能查到這條線索，沒有幾個月的時間也是辦不到的，現在只是短短一天半的時間，就鑒定出自己有攻擊嫌疑，難道那鑒定的人是神仙不成？

禿頭吃了癟，鬱悶片刻才道：「好，就算那事真不是你幹的，但現在……」

「什麼叫就算啊！那本來就不是我幹的！」

「好，不是你幹的！」禿頭只得再次改變口風，「但現在你不是被我們調查嗎，我想你也不願意整天被公安局的人糾纏吧，算我老塗求你好不好，只要你不把上次找我的事說出來，我會盡全力幫你從這個案子裏脫身，我老塗說話決不食言！」

禿頭這一頓苦口婆心，說到劉嘯的心裏去了，他還真不願意被這事一直糾纏著，再說，他剛才不過是嚇唬嚇唬姓塗的，順便出出上次的惡氣，真要是舉報，劉嘯也是不會去幹的，那不等於是自己承認自己有攻擊市府網路的嫌疑嗎，別人正愁找不到自己的犯罪動機呢，那禿頭不說，自己就更不會說了。

禿頭看劉嘯不說話，以為自己的話起作用了，於是繼續說道：「行，我也不和你多說了，就是這件事，其他幾個負責人還在上面等我呢，我先過去了。你就把心放肚子裏，我保你絕對沒事。」

禿頭說完，夾著公事包就往辦公大樓而去。

劉嘯此時回過神來，衝禿頭道：「干我屁事！你愛保就保！」說完扭頭出了警局的大門。看來手機和電腦一時半會兒是拿不出來了，劉嘯只得奔回自己家，還是先把張小花安置好吧。

走到社區門口，熊老闆那輛車很扎眼地停在樓前，看來是熊老闆來找自己了，於是劉嘯趕緊走上前。

剛進樓門，熊老闆正好從電梯出來，看見劉嘯就笑道：「你小子這一大早的，去幹什麼去了？」

劉嘯無奈地說：「到警局跑了一趟！」

「我來正是找你說這事呢！」熊老闆一把拉住劉嘯，「走走走，出去說！」

「呵呵，熊哥，你容我先喘口氣！」劉嘯掙脫了熊老闆的手，「我還有點事要安排一下！」

熊老闆笑了起來，打趣道：「我正要問你呢，樓上那位小姐是誰啊？挺標緻的，人看起來也大方，你可真行，案子都火燒屁股了，你還有心思在家裏藏著美女，剛才我敲門，差點以為自己走錯了呢。」

劉嘯不好意思地笑了笑，「熊哥你可別瞎想，我也沒辦法吶，這不兩件事硬是湊一塊去了嗎，得，我先上去安排一下，馬上就下來。」

「去吧去吧！」熊老闆擺手，笑說：「我在車裏等你。」

劉嘯大汗，上樓去了。

張小花開門，看見是劉嘯，便說：「剛才有人找你，才走沒一會兒，你沒碰上？」

「碰上了！」劉嘯說著進了屋，在屋子裏翻了半天，找出自己的銀行卡，挑出熊老闆上次給的那張，「這卡你收好，一會兒吃飯買東西，都從這裏取。」

「嗯？」張小花納悶地接過來卡，「幹什麼？你又要出門啊？」

「唔，有點事！」劉嘯點頭，「一會兒你老爹可能就來接你了，要是我還沒回來，你就先跟他回封明去！」

張小花聽這話似乎有點不對勁，一把拽住劉嘯，「不對，你肯定有事，你給我說清楚，你是不是在封明真有仇人？」

「沒仇人！你真能瞎想！」劉嘯刮了一下張小花的鼻子，「是有點事情要處理，但我不確定要多久才能處理完，所以先安排一下。」

「真沒事？」張小花不信，懷疑地看著劉嘯。

「真沒事！」劉嘯笑著，「我先去辦事了，如果順利的話，一會兒就辦完了，你就在家待著，估計你老爹很快就到了。」

「不行，我也跟你去，我去看看你辦什麼事！」張小花越想越不放心，「你等我，我收拾一下。」

「你就安心在家待著吧！」劉嘯看張小花衝進了浴室，直接拉上門出去了。到樓下，就看見熊老闆靠在車身上正抽著菸曬太陽呢。

「事辦完了？」熊老闆一語雙關打趣著劉嘯。

「咳……這事以後再跟你解釋吧！」劉嘯頓了頓，「熊哥你找我要說什麼？」

「唔，還是你那事嘛！」熊老闆把菸一掐，「我這兩天到處找人打聽，總算弄明白是怎麼回事了。上次海城事件後，市裡一直要求追查，於是就成立了個專案組。前幾天專案組接到舉報，有人說你有作案嫌疑，還向專案組提供了你的詳細資料，以及一些瑣碎的線索。專案組這不就找你來詢問了嘛，還找大牛核實情況。」

「對了，牛老闆沒事吧？」劉嘯想起了那好心辦壞事的牛蓬恩。

「只要你沒事，他就沒事！」熊老闆示意劉嘯別打斷自己，「後來專案組把那些線索核實了幾遍，但都不能確定你到底有沒有攻擊市府的網路，只好去找專人來鑒定你的電腦。昨天說是從國家資訊安全中心請了個高級顧問來，鑒定出你是被惡意舉報的，所以就把你給放出來了。我本以為沒事了呢，結果今天早上說是又有鑒定結果出來了，證明你還是有攻擊的嫌疑。」

劉嘯皺皺眉，「這事我已經知道了。熊哥，你能不能幫我去查一查，看這個鑒定結果是誰做出來的！」劉嘯比較關心這個，他不明白，好端端的電腦怎麼會鑒定出了嫌疑呢。

熊老闆笑了笑，「我都幫你問清楚了，那專案組也不知道哪根筋搭錯了，據說是找了一家網路安全公司做的鑒定。早上我得知消息後，就去諮詢了法院的朋友，你放心吧，法院說了，如果你這案子真要是進入了司法環節，這樣的鑒定報告根本沒有任何公信力，必須得是公證部門、或者是公檢法系統內的鑒定部門做出的鑒定結果，才具有效力。案子就是遞到法院，還得打回來，依我看，你基本是沒事了！」

熊老闆說完，拍拍劉嘯的肩膀，「上次那事一出，我就怕有人故意栽贓陷害，你看，果然讓我給說中了吧！唉，這世道啊……」熊老闆直搖頭。

「是哪家安全公司做的？」劉嘯問。

「讓我想想！」熊老闆皺眉想了一會兒，「好像是什麼軟盟科技，唔，沒錯，就是這個公司。」

劉嘯當即變色，「你沒記錯？」

「沒有錯，絕對是這個公司！」熊老闆很確定，「我可以打電話再去問一下。」說完，熊老闆打開車門，要拿手機出來。

「不用了，熊哥！」劉嘯攔住了熊老闆，如果專案組真的要找民間組織來鑒定自己的電腦，那作為國內最專業的軟盟科技，一定是他們的首選，這點毋庸置疑。只是劉嘯不願意相信軟盟這樣的專業公司，竟然會把自己的電腦鑒定成有作案嫌疑，而且還是在這麼短的時間內就做出了鑒定結果。

劉嘯突然想起劉晨昨天說的那句話，「我覺得wufeifan就在我們的周圍！」雖然劉晨說那只是她的直覺，但此時想起，卻讓劉嘯心中一凜，難道wufeifan會是軟盟的人？

以前劉嘯一直認為wufeifan可能和邪劍有點關聯，但一直不能證實，現在一想，要是把wufeifan和軟盟聯繫起來，其實更有說服力。

從吳越霸王那事開始，自己先是滅了wufeifan手底下的網路流氓集團，再又滅了他的二合一病毒，最後又和衛剛聯手，徹底覆滅了wufeifan的病毒王國，這對wufeifan的打擊太大了，他一心要賺一億，結果自己三番四次陰差陽錯的處處和他槓到了一塊，而且每次都重創wufeifan的「事業」，這種情況下，wufeifan自然是惱羞成怒，要把自己這個礙手礙腳的眼中釘除掉。

海城事件如此隱秘，外人絕不可能知道，但當時網監邀請了眾多駭客參與，其中肯定少不了軟盟的人，他們知道內幕也就不足為奇。現在把自己的電腦鑒定成有攻擊嫌疑，那就更好解釋了，wufeifan生怕警局一時搞不定自己，便無中生有，給自己編排出一份鑒定結果，想儘快把自己踩死。

這一瞬間，劉嘯突然把以前很多想不明白的事都給想明白了，為什麼吳越霸王能事先知曉警方追捕自己的消息，從而順利脫逃；為什麼在wufeifan舉報自己的資料中，他對自己現實中的身分瞭若指掌，一切的一切，只要把焦點對準藍勝華，便全都迎刃而解。

還有，上次藍勝華捉弄小武表弟，他對別人遊戲的記錄如此清楚，本身就是個很大的疑點，說不定在wufeifan的背後，還有一個專門售賣遊戲私服程式，或者偽造遊戲資料、盜賣遊戲裝備的集團。

但即便如此，劉嘯也有想不明白的事，為什麼wufeifan不在自己追查吳越家族的時候就舉報自己呢；為什麼藍勝華還要三番四次地拉自己進軟盟呢？

按照wufeifan睚眥必報的性子，他如果知道自己的真實身分，那要整自己不過是幾分鐘的事，斷然不會等到付出如此慘重代價之後才出手。Wufeifan根本不可能知道海城網路是自己攻擊的，他舉報自己不過是純粹的報復，就算不能將劉嘯置於死地，但只要在政府的網監部門掛了號，那以後你在網上不管做啥，都得束手束腳，哪有閒工夫去搭理他的事呢。

這也同時印證了他為什麼會急著做出這麼一份假的鑑定結果，因為他只是無心插柳，卻沒想到警局最後會把提供證據的事交給軟盟去做，如此天降良機，wufeifan又怎能錯過。

相互印證，又相互矛盾，劉嘯被徹底弄怔了，他一會兒覺得wufeifan就是軟盟，一會兒又覺得不是，站在那裏，半天沒有說話。

「有什麼不對嗎？」熊老闆看劉嘯臉色變了幾變，覺得有些奇怪，「你在想什麼呢？」

「哦……」劉嘯回過神來，「沒什麼，就是想起一些事情罷了。」劉嘯此時心裏便多了一個心眼，不管wufeifan是不是軟盟，是不是藍勝華，但今後自己再也不能對藍勝華那麼推心置腹了，而且，如果要迅速找出wufeifan，一定是從軟盟那裏入手了。

「你呀！」熊老闆把手機又扔回車裏，笑道：「喂，那小姐下來了，看樣子是追你來的，你們倆還真有意思，誰離開誰一會兒都不行啊！」

劉嘯大汗，回頭一看，就見張小花急忙地跑出來，一邊四下裏看著。劉嘯趕緊揮了揮手，「在這兒呢，小花！」

張小花看見了劉嘯，神情一喜，快步走了過來。

這時，好幾輛車魚貫進了社區，劉嘯眉頭一皺，「我的事完了，你的事又來了！」

張小花回頭去看，前面那輛車不就是張春生的座駕嗎？只見車子剛一停穩，張春生就鑽了出來，衝著這邊大喊：「姍姍，姍姍！」然後一溜小快步過來。

張春生正準備張開雙臂抱住張小花，可還沒抱上，就看見了站在張小花背後的熊老闆，腳下霎時一緩，張開的雙臂收了回去，繼而試探性地問道：

「你是海城的熊老闆吧？」

三人一愣，熊老闆尤其詫異，把張春生來回看了幾遍，道：「恕我眼拙，請問你是……」

張春生「呵呵」笑著，「熊老闆真是貴人多忘事，我是封明張氏企業的張春生，去年的企業家高峰會上，我們見過面的。」

「啊！」熊老闆一拍腦袋，趕緊伸出手，「張總裁你好，你看我這記性，真是不好意思。」

「沒事沒事，熊老闆生意做得那麼大，平時接觸的人多，要處理的事也多，哪能都一一記住呢！」張春生和熊老闆一握手，把自己的名片掏出來，重新遞了一張過去。

熊老闆也趕緊交換了名片，笑道：「沒想到會在這裏遇到張總裁，你這次來海城，是有大生意要做吧？」

「哪裡有什麼生意啊！」張春生搖頭嘆氣，然後指著張小花，「姗姗，快過來，這位是海城的熊大老闆，趕緊叫人啊！」說完，轉身給熊老闆介紹道：「熊老闆，這是我閨女。實不相瞞，我這次就是為她來的。」張春生說完，長長地嘆了口氣。

熊老闆沒想到自己幾分鐘前還在打趣的人，竟然是封明數一數二大企業的掌門千金，而且還和劉嘯纏在了一起；張小花亦有些納悶，不知道這熊老闆到底是什麼人，剛才他來找劉嘯，也不知道是好事還是壞事。

「還愣著幹什麼，叫熊叔叔！」張春生見張小花沒反應，又催了一句。

熊老闆趕緊揮手，「叫什麼叔叔，別那麼見外！」

熊老闆此時有點搞不清楚眼前這三人的關係，不過那張小花能夠夜宿在劉嘯家，估計她和劉嘯的關係一定有點特別，現在劉嘯叫自己熊哥，如果讓張小花喊自己熊叔叔，那以後多尷尬啊。於是熊老闆趕緊轉移話題：

「對了，張總裁，你這一臉塵土的，剛才看你下車時還有點神色慌張，是不是出什麼事了？」

「咳……說來話長！」張春生瞪了一眼張小花，又掃了劉嘯一眼，鬱悶地道：「我也不知道是造了什麼孽，這個寶貝閨女，好端端的跟我玩失蹤，害得我從北追到南，不瞞你說，我是剛從雷江城連夜趕到海城呢。」

熊老闆當時傻眼，怪不得這張春生看起來是這麼地疲憊和憔悴。

熊老闆看著眼前三人，「你們這……到底是因為什麼啊？」

張小花沒吭聲，她看見自己老爸這副樣子，也有些心疼後悔，只是表面裝作若無其事一般。

張春生也沒回答，家醜不可外揚嘛，他衝張小花喊道：「還愣著幹什麼，到車上去，一會兒跟我回封明！」

誰知張小花一聽此話，扭頭便走，「要回你回，反正我不回去！」

劉嘯趕緊一把拽住她，「幹什麼呢，有事好好談行不行，給你老爹省省心吧！」

「不用你管！」張小花掙脫劉嘯，走到張春生跟前，「除非你答應今後不再干預我和劉嘯的事，否則我絕不跟你回去，絕不！」

「你……」張春生氣極，繞來繞去又繞回到問題的原點了。

熊老闆一聽這事跟劉嘯有關，大概猜到了一些原委，趕緊上前打著圓場，「這裏人來人往的，也不是個說話的地方。要不這樣吧，既然今天碰上了，就讓我這個東道主稍微盡點地主之誼，咱們找個地方吃頓便飯，不管有什麼事，坐下來慢慢談。呵呵，你們也真是的，一家人，有什麼不能好好談？」

張氏父女啞然，兩人其實都想好好談，但不知道怎麼回事，見面只要一開口說話，就會槓到一起。

子。」

「劉嘯！」熊老闆朝劉嘯使了個眼色，「還不趕緊招呼一下？我訂個位子。」說完又到車裏找手機去了。

劉嘯會意，過去勸著張小花，「好了，別鬧了！張叔連夜從雷江城趕到這裏，八成飯也沒吃上一口呢，有什麼事吃完再談好不好？」

張小花頭扭到一邊，不置可否。

一會兒熊老闆從車裏探出頭，「好了沒？我飯店訂好了！」

「好了好了！」劉嘯連忙答道。

「那劉嘯你給張總裁他們領個路，就在『錦繡年華』！」熊老闆笑說，「我先走，去安排一下！」

「好！我知道了！」劉嘯笑著揮手，等熊老闆的車子一走，他就推著張小花，「走吧走吧！難道還要我背著你啊！」

張小花表面看起來極不情願，但在劉嘯的推搡下，慢慢朝張春生的車子走了過去。

看張小花和劉嘯進了車子，張春生搖搖頭，然後長舒了一口氣，嘴裏喃喃道：「克制，克制，一定要好好談，以理服人，以情服人！」完了，也快步走向車子。

劉嘯是第二次來「錦繡年華」，輕車熟路，問了一下熊老闆訂的包間，就帶張氏父女找了過去，熊老闆已經等在包間門口。

等菜逐漸上齊，熊老闆舉起了杯子，「為今天我和張總裁意外相逢，咱們先喝一個吧，呵呵。」

眾人喝完放下杯子，熊老闆又舉起杯子，這次卻是專門找張春生，「張總裁，不，張老哥，咱們得再喝一杯！」

張春生笑著舉杯，「這杯還有講究？」

「當然有！」熊老闆環視眾人道：「因為咱倆都有個讓人操心的孩子吶！我那個孩子，也是位活祖宗，我根本就降不住他，成天為他操心！來，先把這杯喝了，之後我再跟你慢慢說！」

張春生碰杯，一飲而盡，「這酒我得喝！別的就不說了，一句話，可憐天下父母心吶！」

張小花埋頭吃菜，她知道這話是是針對自己而說的。

放下杯子，熊老闆指著劉嘯，對張春生笑道：「我家的那點醜事，劉嘯也很清楚，所以我也就不怕說出來讓你笑話。就說前段時間吧，我家那小祖宗因為電腦的事，對我和我內人發起了冷戰，橫眉冷對一個月，我是軟的不行，硬的又狠不下心，最後差點把我給折騰瘋掉。」

熊老闆說到這裏笑了幾聲，「最後多虧了劉嘯！別說，劉嘯還真是有兩下子，什麼也沒說，把我那小子帶到天文館看了兩分鐘的星星，回來以後，那小子就跟變了個人似的。」

「以前那小子眼高手低，總以為自己天下第一，誰的話都聽不進去，現在有什麼事也願意和我們夫妻倆商量，學習方面也肯用心了。」熊老闆長出一口氣，「你不知道我有多高興，雖然說那小子還有不少的毛病，但只要能看到進步，我就知足了！」

「來來！」張春生又舉杯，「外人看咱倆，只知道羨慕咱們的風光，哪裡能瞭解咱們心裏的愁苦啊！唉，這真是家家都有本難念的經啊，來，我先乾為敬！」

放下杯子，熊老闆夾了口菜，「張老哥這又是因為什麼事呢！怎麼還鬧到離家出走了呢？」

「既然熊老闆對我這麼推心置腹，那我也就把自己家的這點醜事抖露出來！」張春生回頭看著劉嘯和張小花直皺眉，「我這事也跟劉嘯有關，不過

剛好和你相反，是因劉嘯而起！」

熊老闆早料到和劉嘯有關，他設下這鴻門宴，其實就是想看看能不能將這三人之間的疙瘩排解開，當下裝作一臉驚奇，「到底怎麼回事？你說說！」

張春生嘆了口氣，就把當初怎麼拉劉嘯參與張氏項目，之間發生了很多意外，最後把張小花和劉嘯給湊到一塊的事簡單地跟熊老闆說了，末了道：「其實我當初沒有趕劉嘯走的意思，我只是想兩人還年輕，希望他們都能冷靜一下。誰知道他們會錯了意，結果劉嘯一走，姍姍就把所有的罪過都歸咎到我身上，鬧來鬧去，就成現在這樣子了！」

熊老闆聽完張春生的話，頓時大笑，笑得很誇張，讓張春生半天摸不著頭腦。就是劉嘯和張小花也有些納悶，不知道熊老闆這是怎麼了，這事有那麼好笑嗎？

「你呀！」熊老闆看著張春生，「你這不是自尋麻煩嘛，我看這事怨不得劉嘯，也怨不得小花，這事就得怨你！」

「怨我？」張春生一臉鬱悶地指著自己，「我可都是為了姍姍啊！」

「那也得怨你！」熊老闆總算是收住了笑聲，「你看看，我家的那個小子，還有你家這閨女，哪一個是省油的燈，又哪一個能讓人省心？如果換了我是你的話，碰上劉嘯這個能降得住她的人，我巴不得把她趕緊推出去，然後交給別人去管。你倒好，別人燒高香都盼不來的好事，你還推三阻四，硬把這樁好事給拆散了。你說說，這是不是得怨你？」

「我……」張春生語塞，不知道該說啥，不過心裏很不服氣，心道：你熊老闆會這麼說，是因為你家的是個小子，如果換了是閨女，怕是你就不會這麼想了。

熊老闆看張春生一臉的不高興，就舉起杯子，「我這個人，也是就事論事，來，咱再把這杯喝了，如果我有什麼說得不對的地方，老哥你千萬別往心裏去，只當是我沒說過。」

張春生自然不能說熊老闆說錯了什麼，端起杯子，極度鬱悶地把這杯又喝了下去，然後嘆氣說：「你說我這都是圖啥呢，全是為了自己閨女，到現在反而成了惡人，誰也不說我的好！」

「呵呵……」熊老闆笑著，「話可不能這麼說，咱們為人父母的，不管做什麼事，出發點肯定都不會是惡意的，但有的時候，我們也得區分一下對什麼事，還得考慮到孩子的感受。」

「你具體說說看！」張春生求教著，他覺得今天算是碰到了知己。

「就拿這事來說吧，你當初那麼反對你家姍姍和劉嘯在一起，到底是因為什麼呢？」熊老闆看著張春生：「是因為你覺得劉嘯這人的人品不好，怕他會坑了你家姍姍？還是因為劉嘯和別人比起來，差了些什麼？」

「這……」張春生皺眉，這個問題還真不好回答，反正他就是覺得張小花要是真跟了劉嘯，肯定是不會幸福的，至於是因為什麼原因，他也說不明白。

「你看！你連個理由都拿不出來！」熊老闆雙手一攤，「我們做長輩的，做事總要讓孩子們信服吧！」

張春生無語，自己喝了杯悶酒。

「你好好想一想，你我這麼拼命地把事業做大，到底是想要得到些什麼呢？除了別人的羨慕和尊敬外，我想無非就是為了兒女在打拼，希望他們能夠每一天都過得衣食無憂，快樂幸福，但你覺得他們現在缺少衣食嗎？」熊老闆搖頭，「能讓他對周圍的一切都有自己的判斷，保持一顆平常心，結交到一些對自己真心的朋友。這些才是他們真正所缺少的啊。」

熊老闆說到了激動之處，「你家姍姍運氣多好，碰到了劉嘯，這得是多大的造化啊，你倒好，趕著去拆散，別說是外人想不通，就是我也想不通。劉嘯人品不差，也有本事，將來只要稍加努力，成就肯定不小。我家那小子要是閨女的話，我肯定趕著去撮合。如果有一個人能真心地對待自己的孩子，這不正是我們所希望的嗎，那你我還有什麼可憂心的？」

「我……」張春生憋了半天，道：「我當時是想他們倆成長的環境相差太大，將來要是在一起，那……」

「那是你的想法！」熊老闆打斷張春生的話，「你不能把自己的想法強加到孩子身上，再說了，你那想法要是對的話，小花也不會千里迢迢跑到海城了，她寧願去找劉嘯，也不願接受你提供的生活方式！」

這句話算是說到了張春生的心裏，他傷心就傷心在這裏，自己明明是為女兒好，可張小花竟不願接受自己的好心。

「唉……」熊老闆嘆了口氣，「年輕人的事，你提點意見就可以了，沒必要管得這麼緊，更不能強求一切都按照自己的想法來，他們大了，有自己的想法，要是因為自己的固執而毀了孩子的幸福，雖說你是好心，但那時候，你說你找誰訴苦去？」熊老闆舉起杯子，「咱們做長輩的，該盡的心意都盡到，能夠圖個無愧於心就可以了。你就知足吧。來！」

張小花一聽，心裏樂不可支，總算有人給自己主持公道了，趁張春生不注意，朝熊老闆豎了個大拇指。

張春生狠狠碰了杯，一飲而盡，重重地嘆著氣，或許熊老闆說得對，自己可能真的做錯了。

「劉嘯，你別乾坐著啊！」熊老闆打著眼色。

劉嘯一看，趕緊站了起來，「張叔，說到底，所有的事都是因我而起的，現在更是害得你從南到北來回折騰，讓我心裏很愧疚。其實你對小花的呵護之情，我很清楚，上次在封明，我說的話有些過分了，今天我在這裏一併向你道歉！」

劉嘯說完，朝張春生一鞠躬，拿起酒杯自罰了三杯。

張小花此時也站了起來，不好意思地說：「老爸，其實我……我不是覺得你不好才跑出來的，我只是……」

張小花平時伶牙利嘴的，但從沒給人道過歉，所以一時竟不知道該怎麼說，最後搶過劉嘯跟前的酒杯，學著劉嘯的樣子一飲而盡，嗆得眼淚直流。

張春生此時也不好再無動於衷了，嘆了口氣，也拿起杯子，準備表態。

眾人都看著他，看他要說什麼，誰知熊老闆的電話此時卻響了起來，張春生無奈地看著熊老闆，剛醞釀好的情緒一下全沒影了。

熊老闆掏出手機一看，就站起身，「不好意思，我出去接個電話！」說完匆匆出門，看來電話應該很重要。

張春生又鬱悶地放下杯子，三人都沒說話。

兩三分鐘後，熊老闆再次回來，臉上神采奕奕，在劉嘯的肩膀上一拍，笑道：「這下妥了，你的問題徹底解決了！」

眾人詫異地看著熊老闆，不知道這句話是什麼意思。

# 第二章　網路毒瘤

從吳越家族的敲詐，再到wufeifan的病毒危機，還有那個QQ盜竊集團的小插曲，劉嘯所接觸到這些網路毒瘤們，全部都是集團化作業，無一例外，那現在這個售賣大型網站漏洞的傢伙，可能也是一個集團。

熊老闆往自己位置上一坐，「我剛剛接到消息，說市府的網路幾分鐘前再次遭到駭客襲擊，市府網路控制中心的專家已經得出結論，攻擊的駭客就是上次海城事件的元凶，聽說這已經是第三次了。不過這對你來說倒是個好消息，至少可以撇清你的嫌疑，來，咱們為這事得喝一個。」

劉嘯的反應很平靜，似乎早已料到會是如此，便端起杯子，和熊老闆喝了一杯。他這副鎮定自若的表情，熊老闆看在眼裏，不由大為欣慰，因為他覺得劉嘯這是不做虧心事，不怕鬼敲門。

張小花看著劉嘯，問道：「什麼駭客攻擊？」張春生也奇怪地看著劉嘯，不知道兩人到底在說什麼。

劉嘯笑說：「沒事，都過去了，只不過是個誤會而已。」

熊老闆此時開懷大笑，「這下我也可以放心了，這幾天可把我擔心壞了。還是那句話，咱們是問心無愧，但就怕有人存心栽贓陷害，還好，事情總算可以有個了結了，不過，以後做事可得多加個小心，不能再吃這虧了。」

劉嘯再次舉杯，「這幾天為了我的事，讓你受累了，我敬你！」

「這種話以後不要再說了，我不樂意聽，明顯拿我當外人。」熊老闆瞪了劉嘯一眼。

張小花大感興趣地問道：「到底怎麼回事，你跟我說呀，駭客為什麼要攻擊海城的網路，還有，他是怎麼攻擊的？厲不厲害？」

「這個一時說不清楚……」劉嘯大汗，「回頭我再慢慢跟你說！」

張小花只得按住心頭的好奇，悶頭吃菜，剛吃兩口，又問道：「那駭客攻擊和你有什麼關係，怎麼你也有嫌疑？我知道了，你家大門肯定是因為這個被踹的！」

「吃你的飯吧！」劉嘯白了她一眼。

張小花嘟囔道：「肯定是這樣的！」

不過被這事一攪和，張春生就再沒機會表明自己的態度，坐在一旁只顧喝酒，直到看眾人都吃得差不多了，張春生才再次發話，「多謝熊老闆今天的盛情宴請，等回到封明，我一定邀請熊老闆到封明去轉一轉，也讓我能盡一盡地主之誼。」

「怎麼？這麼快就要回封明？」熊老闆有點詫異。

「是啊，出來好幾天了，公司肯定有不少事需要處理！」張春生無奈地嘆氣，繼而看著張小花道：「再說，姍姍跑出來這麼久，好多人都擔心著呢。」

張小花一聽，頓時眉頭一皺，瞄了劉嘯一眼，道：「我還不想回去……」

「對！既然來了，那就多待幾天吧！」熊老闆趕緊對張春生笑道：「海城最近有不少賺錢的機會，趁著你在，我還想和張老哥商量商量，看看能不能和張氏一起合作搞點什麼項目，我手頭上有幾個國外的建案，現在正缺合作夥伴呢。」

張春生一聽，頓時猶豫起來，思考了片刻，道：「能夠和熊老闆合作，是我們張氏求之不得的好事，既然熊老闆看得起我們張氏，那我肯定是不能走了！」

「財迷！」張小花低聲說了一句。只要有賺錢的機會，張春生肯定是打都打不跑的，哪裡還用得著挽留，不過這正好趁了張小花的意，所以她朝熊老闆報之以一個感激的眼神。

飯局結束後，張春生跟著熊老闆走了，把劉嘯和張小花扔在了「錦繡年華」的門口。

「幹什麼去呢？」張小花左看右看，過來挽住劉嘯的胳膊，「我們去逛街吧，我好久沒有逛街了。」

「就知道逛街！」劉嘯習慣性地敲了她一個爆栗，道：「不過今天不行，我還有事要辦。」

「那我跟你去辦事吧！」張小花沒鬆手，「反正我也沒事做！」

「哈，求之不得啊！」劉嘯笑了起來，「我正愁找不到免費的苦力呢！」

「呃……」張小花頓時有種上當的感覺，「什麼苦力？」說著，挽著劉嘯胳膊的手就準備抽走。

「去了你就知道了！」不等張小花鬆手，劉嘯一把拽住她，趕緊伸手叫車，然後把她推了進去，「死丫頭，說出去的話還想反悔吶！沒門！」

到了目的地一看，張小花取笑說：「海城市公安局？怎麼，你準備投案自首啊！我告訴你，非法虐待苦力勞工，也是個不小的罪名呢，大概能判個三年五載的！」

「苦力哪有你這麼多廢話，告訴你，我可不怕，裏面我有熟人！」劉嘯得意地笑說。他說的熟人，指的就是塗禿頭，自己來這裏兩次都碰見了禿頭，不知道這次會不會又碰上那個倒楣蛋呢。

劉嘯早上明明在問訊處問清楚了，但進去拿手機和電腦時卻吃了個閉門羹，因為扣押他電腦的時候，他不在海城，所以現在拿不出物品扣押清單。

劉嘯只好帶著張小花在警察局的大樓裏上上下下地跑，想找一個能給自己出示扣押清單的地方，結果兩人兜了一大圈，到最後也沒拿到。

「我不行了！」張小花找了地方坐下捶腿，「這哪裡是領東西，這是在玩我們的吧。」

「靠！」劉嘯也很惱火，恨恨地坐在張小花旁邊，問道：「累了吧？沒想到取個東西這麼麻煩，你在這歇著，我去找他們局長，等拿到東西後我就來這裏找你。」

「沒事！」張小花搖搖頭，衝劉嘯笑著。

劉嘯看著來來往往的人，前面樓道有個人影一拐下去，劉嘯頓時眼睛一亮，趕緊站起來，大喊了一聲，「禿頭！」

幾秒之後，那人影回來，探出個腦袋朝這邊看來，不是塗禿頭還能是誰？

禿頭走到劉嘯身邊，道：「我正要找你呢，專案組研究後一致認定，你沒有任何嫌疑，現在你徹底自由了！」

禿頭把劉嘯往旁邊一拽，壓低聲音道：「我答應的事已經做到了，咱們之間的恩怨就此了結，希望你也能信守承諾。」

「什麼承諾？」劉嘯看著禿頭，「我本來就沒有任何嫌疑！」

禿頭一聽，當即氣急無語，瞪了一眼劉嘯，就要甩胳膊走人。

劉嘯也不想把禿頭逼到狗急跳牆的地步，於是喊道：「先別走，我還有事要問你呢！我現在沒事了，那我的電腦和手機也該還我了吧！」

禿頭眼珠子轉了幾圈，大概是在考慮要不要幫劉嘯，最後咬了咬牙，「你等著，我去幫你問問！」

「那快去快回啊，可別讓我等太久了！」

劉嘯坐回到張小花的身邊，指著禿頭的背影，得意地笑道：「看見沒，有熟人就是好辦事。」

張小花納悶地看著禿頭走遠，她怎麼看都覺得這兩人不像是熟人。

大概過了十來分鐘，禿頭回來了，手裏拿著個單子，遞給劉嘯，「吶，這是扣押你物品的清單，一直放在專案組，現在你可以去拿回你的東西了！」

劉嘯接過單子，站了起來，「謝謝了，老塗！」

禿頭沒好氣地瞪了劉嘯一眼，「你小子別太得意了！」

劉嘯轉身帶著張小花朝樓下走去，順利地取回自己的電腦後，兩人各抱一台電腦朝門口走去，張小花笑道：「本以為投奔你可以享幾天福呢，真倒楣，還得給你當搬運工。」

劉嘯剛想反擊，電話就響了起來，「東西先扔地上吧，我接個電話。」

「誰的電話？」張小花問。

「劉晨！」

劉嘯此話剛一出，就聽「啪」一下，張小花還真把自己的電腦給「扔」到了一旁，劉嘯一陣心疼，又後悔不已，自己真是，怎麼都不會撒個謊呢。

接起電話，就聽劉晨笑說：「劉嘯，告訴你個好消息，那個叫做Timothy的駭客今天再次攻擊了海城網路，目標還是RE & KING的那款防火牆，看來是錯不了了，這個傢伙絕對就是上次攻擊的元凶。恭喜你，你沒事了！」

劉嘯說，「謝謝你了，我現在正在海城警局呢，剛把自己的電腦拿到手！」

劉晨繼續說道：「還有一件很好笑的事，海城的技術方現在又和市府達成了一致，因為Timothy攻擊海城網路，目的並不是要點出系統的漏洞，事件的性質因此完全改變，所以技術方決定全力去追查這個Timothy的下落，要追究他的責任。」

「啊……」劉嘯大吃一驚，面色一變，但隨即又恢復了正常，心裏暗道，追查個鬼去，那Timothy怕是永遠都不會再出現了，嘿嘿。

張小花一臉的不高興，撇嘴道：「我早就知道你和那女員警眉來眼去的，肯定沒好事！」

劉嘯大汗，和劉晨簡單說了兩句，就趕緊掛了電話，然後搖頭說：「確實不是什麼好事！」

張小花被劉嘯的樣子給弄得有些發愣，問道：「怎麼？出什麼事了嗎？」

「唉……」劉嘯嘆氣，「回去再說吧。」說完抱起電腦就走，走了幾步，回頭一看張小花還站在原地沒動，「走啊，發什麼愣！」

「不走！」張小花沒挪腳，「不說清楚什麼事，我就不走！」

劉嘯無奈，本以為自己裝模作樣一下，就能轉移張小花的注意力，看來

這招沒用，他只好笑道：「沒有別的，還是說那駭客攻擊的事！」

張小花一聽，更加不爽，「看來你從來都沒把我當回事，連劉晨都知道這事了，我卻被蒙在鼓裏。」

「怎麼會！」劉嘯大感頭疼，「不是你失蹤了嘛，我就到封明去找你，剛好就碰上了這事，海城的警察追到封明，想通過劉晨追查我的資料，那她不是就知道了嘛！」

「那你見到我之後也沒說這事啊！」張小花不滿意劉嘯這個解釋。

「我是怕你擔心嘛！」劉嘯放下電腦，過去拍著張小花肩膀，「這次你的這件事，我算是知道啥叫擔心了！」

張小花的臉色這才算是有點轉晴，不過還是繼續糾纏道：「反正我就覺得你和那女警察沒什麼好事！」

「那我和你沒點好事行不行？」劉嘯順勢摟住了張小花的肩，笑道：「我一直都盼著能和你發生點啥不好的事呢，今日總算是……」

「呸呸呸！」張小花推開劉嘯，「少和我勾肩搭背的，誰要和你有事！」說完，張小花滿臉通紅地抱起劉嘯的電腦，急步往前走去。

「你等等我啊！」劉嘯趕緊喊著追去：「我告訴你，現在你想反悔都來不及了！」

回家接好電腦，劉嘯就迫不及待地開機，「這幾天摸不到電腦，可把我憋壞了。」

張小花趴在另外一台電腦跟前，聽到此話，突發奇想道：「好，下次你要是再和那個劉晨眉來眼去的，我就把你電腦砸了，憋死你！」

劉嘯差點崩潰，真是服了張小花，什麼都能和劉晨扯到一起，道：「算你狠！」

「承蒙誇獎！」張小花一臉得意，探過腦袋來看劉嘯在幹什麼，只見劉嘯開機後從網上下載了一個工具，然後立即運作。

「檢查有沒有被人做過手腳？」張小花顯然認識這個工具。

「咦？」劉嘯一臉驚訝地看著張小花，「你把我給你隨身碟上的工具都研究過了？」

「大部分吧！」張小花語氣裏充滿了成就感，但臉上卻是一副若無其事的樣子，「反正沒事的時候就拉出來弄一弄。」

看著檢查工具開始分析，張小花又道：「你是不是有點小心過頭了，警察應該不會無聊到給你的電腦做什麼手腳吧！」

「這可難說……」劉嘯鎖眉，他倒是不怕海城警方做手腳，劉嘯怕的是軟盟，他們能把自己的電腦鑑定為有重大攻擊嫌疑，那就不能排除他們做手腳的可能，而且劉嘯現在懷疑wufeifan就在軟盟之內，既然這台電腦讓軟盟的人動過了，為了小心起見，最好還是好好地檢查一番。

張小花看分析還得好長一段時間，就收回腦袋，到自己的這台電腦上忙去了。流覽了一下網頁，又打開自己的QQ，不一會兒，就聽她道：「劉嘯，快來看！」

劉嘯問道：「怎麼了？」

「有人在出售國內各大網站的漏洞！」張小花很興奮，「有新狼，搜虎……」

「不會是亂喊的吧？」劉嘯把椅子挪到張小花身旁，消息是從張小花QQ上一個叫做「極度駭客」的社群裏發出來的，發消息的人，名字叫做「神氣豬」。

「這是什麼？」劉嘯問道。

「國內一個駭客網站上的內部社群，據說裏面都是高手，我好不容易才混進來的。」張小花答道，看來她這段時間沒少在駭客上下功夫。

劉嘯「哦」了一聲，繼續看著那神氣豬發出的消息，這個傢伙自稱對國內各大網站的漏洞瞭若指掌，列出的名單上，包括一半以上的門戶網站，可以利用漏洞幫人代辦駭站等各種事情，也可以直接出售漏洞，根據內容的不同，開出的價格低至幾千，上至百萬。

劉嘯有點納悶，看這傢伙說得一副煞有介事的樣子，難道他真的能掌握這麼多網站的漏洞不成？

「不對，不對！」劉嘯搖頭。

「什麼不對？」張小花有些奇怪。

「這個傢伙是在吹牛，就算他是神仙，也不可能一個人同時掌握這麼多網站的漏洞，除非是系統上出了大漏洞；但要是系統漏洞的話，那應該是所有的網站都有漏洞才對。」劉嘯說出了自己的結論。

誰知張小花白了他一眼，「那他不是一個人，而是一個集團呢！」

「呃……」劉嘯傻眼，「這倒也有可能。」

張小花沾沾自喜，「我估計這傢伙是某個集團派出來聯繫的前哨，有哪個駭客敢自己出來這麼囂張地售賣漏洞？」

「有道理！有道理！」劉嘯笑著附和，又道：「可這跟你有關係嗎？」

「關係倒是沒有！」張小花喪氣地說著，不過，轉眼她又來了精神，「要不我也買一個漏洞玩玩？」

「買你個頭！」劉嘯用一個大爆栗警告張小花，「任何沒有經過授權的攻擊行為，都是在犯罪，你明不明白！難道你也想被警察叫去問？」

「不過就是說說而已……」張小花委屈地摸著頭。

「這種念頭，以後想都不要想！」劉嘯戳著張小花的腦袋，「聽見沒？學駭客又不是為了好玩！」劉嘯可不想張小花步上自己的後塵。

「知道了！」張小花氣得使勁掐了一把劉嘯，算是把那個爆栗賺了回來，「我其實只是想知道那傢伙手裏到底有沒有漏洞，你真是囉嗦！」

劉嘯趕緊把椅子挪遠，才躲開了張小花的九陰白骨爪，然後笑呵呵地看著張小花，等確認張小花不會再掐自己，他才回到電腦前繼續看工具的分析。

過了一會兒，劉嘯又把椅子挪了過來，沉吟道：「或許你說得對！」

「對什麼？」張小花奇怪地看著劉嘯。

「就是這個傢伙的背後有個集團，我想可能你猜對了！」從吳越家族的敲詐，再到wufeifan的病毒危機，還有那個ＱＱ盜竊集團的小插曲，劉嘯所接觸到的這些網路毒瘤們，全部都是集團化作業，無一例外，那現在這個售賣大型網站漏洞的傢伙，可能也是一個集團。

「可這和你有關係嗎？」張小花反問。

「呃……」劉嘯吐血，自己真是搬起石頭砸了自己的腳。

「你是不是改變主意了，也想去買他的漏洞？」張小花笑吟吟地問著。

劉嘯點頭。

「想你個頭！」張小花猛地跳起來，狠狠敲了劉嘯一個爆栗，大聲道：「想都不許想，難道學駭客是為了好玩嗎？」張小花興奮地舉起拳頭，「太爽了，敲人爆栗的感覺原來是這麼爽！」

劉嘯哭笑不得，「你等我說完好不好？我的目的不是要買這傢伙的漏洞，而是要證實這傢伙是不是真的擁有那麼多漏洞，如果是真的，那麼就要弄清楚兩件事，一，他背後的集團是誰，他們是通過什麼方式得到這些漏洞的；二，他們出售門戶網站漏洞的目的何在，除了要獲取錢財，還有沒有別的企圖？」

「這和你有什麼關係，弄清楚之後你想幹什麼？」張小花狐疑地看著劉嘯，突然道：「你是不是想拿著到那個女警官跟前邀功請賞，討好賣乖？」

「我……」劉嘯徹底崩潰，無奈道：「我只是有一種預感，這傢伙背後的人，可能是個我認識的熟人。」

「熟人？你怎麼那麼多熟人啊？」張小花道。

「你不是說要買漏洞嗎？」劉嘯說，「現在你就去找他談吧，儘量套出一些線索來，看他是不是真的掌握那麼多的漏洞！唔，非買不可的話，就買一個便宜的！」

「買？」張小花大眼瞪著劉嘯，「那不是太便宜他了麼？」

「呃？」劉嘯不知道張小花是什麼意思。

「你去忙吧！」張小花嘿嘿笑著，「放心吧，這傢伙就交給我了，我肯定把他上三輩下三輩都給弄得清清楚楚！」

既然張小花這麼說，劉嘯摸著腦袋回到了自己電腦跟前，看看已經分析到八成多了，劉嘯坐在椅子上晃來晃去，等著分析結果出來，不時往張小花那邊瞥幾眼，看她到底要怎麼忽悠那個神氣豬。

「噹」一聲，工具分析完畢，彈出提示，「發現隱藏間諜工具！」

「靠！」劉嘯大怒，沒想到自己還真給猜著了，電腦確實被人做了手腳，不過劉嘯現在還不敢斷定這間諜工具到底是誰放的，有什麼目的，剛準備打開詳細的報告，手機此時響了起來。

「誰？我看看！」張小花瞬間湊了過來，她要看看是不是又是劉晨打來的。

「藍勝華！」劉嘯答道。

張小花看了一下來電顯示，頓時興趣全無，繼續「調戲」那個倒楣的神氣豬去了。

「藍大哥，有事嗎？」劉嘯問。

「哦……」藍勝華頓了半天，「你在忙什麼呢？」

「沒事，看網頁呢！」劉嘯隨便撒了個謊，「你有事要說？」

「也沒什麼事！」藍勝華笑了起來，「好久不見你了，一起吃個飯吧！」

「好啊！」劉嘯痛快地答應了下來，「時間和地點你來定。」

「那就晚上八點，在悅來小聚，你看怎麼樣？」藍勝華問。

「行，一會兒見！」劉嘯笑著應下，掛了電話卻道：「幾天前還在機場見了一面呢，怎麼就好久不見了?!」劉嘯現在已經完全可以肯定，藍勝華這個人絕對有問題。

「怎麼了？」張小花聽劉嘯的話有點奇怪。

「沒事，一會兒跟我去吃飯。」劉嘯道。

「好啊！」張小花摸著肚子，「中午那頓吃得太壓抑，都沒吃好，還真有點餓了呢，咱們去吃什麼？」

「鴻門宴！」劉嘯說完，看看時間，「不早了，神氣豬先扔那兒吧，收拾一下，出門！」

張小花給神氣豬發了消息，然後站起來，「我去洗一下臉。」

劉嘯坐到電腦前，也顧不上看那個間諜程式的詳細報告了，直接點了一個「隔離處理」的按鈕，暫時將間諜程式進行凍結。

張小花從洗手間出來，看劉嘯還趴在電腦前，道：「你還沒忙完啊？」

「馬上就好！」劉嘯笑了一下，繼續操作。

張小花站到劉嘯背後，見劉嘯正在發郵件，可惜她不知道這次事情的詳細情況，否則她此時就應該感到驚訝了，因為劉嘯在收件人一欄填的是Timothy這個名字。

郵件沒有內容，只有一個標題，標題張小花倒是看清楚了，是

「STOP」，翻譯過來，便是「停止」。

藍勝華看到劉嘯身後的張小花，有些意外，笑道：「幸會幸會，沒想到張小姐也會來，真是一個意外的驚喜。」

劉嘯笑了笑，「這丫頭剛好在我家裏待著，就順便把她也帶過來了。」

「趕緊坐吧！」藍勝華招呼道：「都是熟人了嘛。」

眾人坐定，藍勝華看了劉嘯一眼，笑道：「你最近生意挺忙啊！我給你打了好幾次電話，都沒人接，你忙活什麼呢？」

「哦？」劉嘯裝作不知道，「你什麼時候打的？」

「唔，昨天，還有前天！」

劉嘯沒有回答藍勝華的問題，反問道：「藍大哥一定是有什麼急事要找我，說吧！」

藍勝華笑道：「沒什麼大事，只是想知道你最近在忙什麼，怎麼連電話都沒空接！」

「唉……」劉嘯嘆了口氣，「別提了，我最近真是倒楣到家了，被警察叫去詢問，手機電腦都被扣了，所以你聯繫不到我。」

「啊？這是怎麼回事？」藍勝華很關切地問。

「上次那個海城事件，藍大哥你應該還記得吧？」劉嘯問道。

「記得記得！」藍勝華連連點頭，「怎麼？和這事有關？」

「沒錯，那警局竟然說是接到了什麼人的舉報，稱海城事件中的那些混亂狀態都是我一手造成的！」劉嘯搖頭，「真是笑話，海城事件政府明明已經解釋過了，是市府自己的網路演習造成的，和我有什麼關係啊！」

「那後來呢？」藍勝華問，「他們沒有為難你吧？」

「後來就把我給放回來了啊，說是誤會一場。」劉嘯笑道，「這明顯就是有人栽贓陷害，禿子頭上的蝨子，明擺著的，拿腳趾頭想都知道是怎麼回事。」

「那就好！」藍勝華舒了口氣，「我們這些做網路安全的，最怕的就是被摻合到這些事裏頭去，這次真是萬幸吶！」

劉嘯盯著藍勝華的表情變化，自己試探了半天，可不管是表情還是說話，藍勝華似乎一點破綻都沒有露出來，難道自己猜錯了，那wufeifan和藍勝華沒有關係？

劉嘯不死心，又道：「我肯定是沒事了，不過有人就要遭殃了！」

「哦?」藍勝華問道,「你這話是什麼意思?誰要遭殃了?」

劉嘯得意地拍了拍桌子,「當然是那個舉報我的人啊!警方已經對我承諾了,他們會全力追蹤此人,不能讓我白受這一頓冤枉,聽說已經掌握到一些線索了。」劉嘯是睜眼說瞎話,追蹤wufeifan是不假,但那是黃星的事,而海城警局說要全力追蹤的人,卻是那個Timothy。

「那就好,那就好!」藍勝華又把這三個字重複了幾遍,「這真是人在家中坐,禍從天上來,這事肯定不能就這麼算了,一定要查出那個惡意舉報的人來。」

劉嘯有些鬱悶,看來這招依舊沒用,還是沒詐出什麼破綻來,大概藍勝華真的和wufeifan沒什麼干係,不然他絕不會如此鎮定自如。

張小花覺得這兩人說話有一股怪怪的味道,把劉嘯剛才的話琢磨了一下,就有些明白了。兩人一沉默,張小花便冒出一句「聽說這個舉報人還是個熟人!」

此話一出,藍勝華臉色頓時一滯,然後道:「這不大可能吧?熟人……熟人怎麼會去舉報劉嘯?不可能,不可能!」

「反正警察是這麼說的,他們還在調查!」張小花撇了撇嘴,「至於究竟是不是，那我就不知道了！」

「呵呵，呵呵……」藍勝華乾笑著搖頭，沒再說話。

藍勝華臉色的細微變化，全都落入了劉嘯眼中，劉嘯暗道一聲好險，差點就讓藍勝華給蒙混過關了。

劉嘯此時真想狠狠地親一下張小花，然後再猛誇她一通，可惜只得忍住，裝作一副嚴肅樣，「唔，警方倒真是這麼說的，聽說他們這是請到了『中神通』黃星，在研究完黃星的分析報告後得出的結論。」

「黃星來海城了？」藍勝華一臉詫異，隨後搖頭，「真是太遺憾了，我竟然不知道這事，不然一定要見一見這位傳說中的高手。」

「會有機會的！」劉嘯笑吟吟地看著藍勝華，一語雙關，「對了，藍大哥，我那工作室一直沒什麼業務，我想了想，可能你說的是對的。」

「什麼意思？」藍勝華問。

劉嘯看著藍勝華，道：「我想去軟盟上班，你看軟盟有沒有什麼合適我的空缺？」

「這……」藍勝華非常地意外，然後一臉喜悅道：「這真是太讓我高興了，你能來，我是求之不得，這事我回去就辦。不過……」藍勝華停頓了一下，道：「我還得去問一下老大的意見，上次你在軟盟也看到了，老大負責人事。」

「那是一定的！」劉嘯笑道，「有了結果，藍大哥給我個回信就行。」

三人又聊了一些其他話題，飯吃完，藍勝華就藉口辦事先離開了。

# 第三章　預感能力

「劉嘯，老大點頭了，讓你儘快來上班，今天能來最好！」

劉嘯一聽，睡意全無，腦袋是清醒了，可他怎麼也轉不過這個彎來，難道自己之前的分析和推測都是錯的？難道自己那種超強的預感能力這次出了問題？

張小花戳了戳劉嘯，道：「你的熟人怎麼都這麼奇怪呢？」

劉嘯看著藍勝華消失的地方，笑著沒說話。

張小花不高興了，使勁捅了他一下，道：「我問你話呢，你是不是懷疑藍勝華就是舉報你的人啊！」

劉嘯回過頭，「你簡直就是我肚子裏的蛔蟲，我想啥你都知道，剛才多虧你那個問題，不然我還真不敢確定自己的懷疑！」

張小花頓時高興了起來，「像我這麼玲瓏剔透、冰雪聰明的人，你剛一撅屁股，我就知道你要放什麼屁了！怎麼樣，我配合得不錯吧！」

劉嘯大汗，連連搖頭，「你就不能換個文雅的說法？太不淑女了，害我看著滿桌子的飯菜頓時沒了胃口。」

張小花臉紅，不過嘴上卻道：「那就別吃了！走，換個地方，我也沒吃飽呢，光看你兩人在演戲了。」

劉嘯看著桌上的剩菜，搖頭嘆氣：「真是浪費啊，罪過罪過，這麼多好菜，全讓一個屁給污染了。」

張小花沒好氣地拖著他，「趕緊走！再損我的話，我就不客氣了！」

劉嘯大笑，跟著張小花出了餐廳。

出門之後突然問道：「對了，你說我今天這麼敲山震虎，如果真是藍勝華舉報了我，他們現在會怎麼做？你不是玲瓏剔透、冰雪聰明嗎？幫我分析分析！」

劉嘯之所以這麼問，是想判斷一下wufeifan的下一步舉措，自己得早做防範。如果藍勝華真的和wufeifan有關係，那他們知道警方有所懷疑後，肯定不會無動於衷的。

張小花想了想，「如果我是舉報你的人，現在聽到這些消息，我會有兩個選擇，第一，繼續栽贓陷害你，一來驗證這消息是否準確，二來將你置於死地；第二，就是暫時收手，避避風頭。」

劉嘯點點頭，自己也是這麼認為的，但是根據自己對wufeifan的瞭解，他斷然不會選擇收手，他既然決定要除掉自己這個眼中釘，那就還會再出手，如果自己沒料錯的話，明天藍勝華肯定會告訴自己，軟盟的老大不同意讓自己去軟盟。

劉嘯要的就是這種效果，按照一般的邏輯，對方誣陷劉嘯之後，肯定會一直關注此事的發展，如果他們突然發現劉嘯被無罪釋放了，一定會納悶不已，急於想探聽清楚事實的原因，弄明白自己到底失誤在哪裡，以至於功虧一簣，這便有了藍勝華幾天來不斷的電話，以及今天晚上的晚飯。

但在誣陷方沒有探聽清楚事實之前，他們肯定不會有進一步的行動，所以劉嘯就故意對藍勝華說出了警方已經在全力追蹤舉報的人，再加上張小花那句「舉報人是熟人」，不管藍勝華就是wufeifan，還是他只是和wufeifan有關係，但可以肯定，當誣陷方在知道這個消息後，一定會有所調整改變。

不管是拒絕自己進入軟盟，還是針對自己發動新的壓制措施，只要他們一動，劉嘯就可以肯定，wufeifan必定和藍勝華有關係。

那時，劉嘯就可以有目的性地針對軟盟做進一步的動作，把這個wufeifan揪出來，運氣好的話，說不定對方匆忙之下，還會露出什麼馬腳來。

「你想什麼呢？」張小花推了一把劉嘯，「到底還去不去吃了？」

劉嘯「啊」了一下，思緒被拉了回來，看著張小花，突然笑道：「我在想一件比吃飯還重要的事情！」

「什麼事情？」張小花好奇地問。

「你老爹跟熊老闆去談生意，似乎把你給忘了！」劉嘯笑說，「看來今天晚上你又得跟我同床共枕了。你說，你老爹要是知道這事，會不會要我的命啊？性命攸關的事，當然比吃飯要重要了。」

「我呸！」張小花抬起腳踢了劉嘯一下，罵道：「誰跟你同床共枕了，一會兒你還睡地板！」

「我真倒楣啊！」劉嘯嘆氣，然後學著張小花一貫的口吻：「我本以為你來投奔我，是以身相許、投懷送抱來了，唉……，沒想到我連床都睡不上了。」

「投懷送抱？」張小花俏眼瞪圓了看著劉嘯，突然大叫一聲「我殺了你！」然後就朝劉嘯飛起一腳。

劉嘯早料到自己那話一出，肯定是這個結果，話音剛落，他已經撒丫子跑路了。

「你等我抓住你！」張小花看劉嘯在前面朝自己擠眉弄眼，恨恨地一跺腳，朝劉嘯追了過去。

劉嘯又跑了幾步，看張小花在後面追得有些急了，便站住任由張小花追上，在自己胳膊上掐了幾下。「好了好了！」劉嘯抓住張小花的手，「咱們還是去吃飯吧，再不去，我胳膊上這點肉非得讓你揪下來不可。」

劉嘯以往那種超人的預感能力這次出了毛病，他本以為張春生忙著談生意，把張小花給忘了，誰知飯剛一吃完，張春生的電話隨後就來，他已經派人過來接張小花了。張小花只得戀戀不捨地走了，說她明天再過來。

張小花一走，劉嘯也沒了興致，回家倒頭便睡。

第二天一早，是藍勝華的電話把劉嘯叫醒的。

劉嘯爬起來接了電話，就聽藍勝華在電話裏說道：「劉嘯，老大點頭了，讓你儘快來上班，今天能來最好！」

劉嘯一聽，睡意全無，腦袋是清醒了，可他怎麼也轉不過這個彎來，難道自己之前的分析和推測都是錯的？難道自己那種超強的預感能力這次出了問題？

張小花來找劉嘯的時候，劉嘯正在家裏翻箱倒櫃，張小花有點納悶，「幹什麼？你要去相親去啊？」

「咳……」劉嘯大汗，「我以前上班的那身行頭不知道放哪裡了，你也幫我找找吧。」

「上班的行頭？」張小花一臉驚奇，「你要那幹什麼？」

「上班！」劉嘯無奈地看著衣櫃，「藍勝華剛才打來電話，說讓我今天去上班！」

張小花「啊」了一下，隨即大笑，「你太有才了！想刺探別人來著，最後卻被人給招安了，偷雞不成蝕把米，傻眼了吧！」

劉嘯愁眉苦臉，「你也別笑我，這種事你可沒比我少幹！你說我就現在這身到軟盟去，藍勝華會不會有什麼想法？我覺得還是要慎重一些，就是做臥底，也要有點臥底的樣子！」

張小花看了看劉嘯，在他的衣櫃裏翻了翻，最後挑出一套衣服來，「就穿這套吧，比較符合你的風格，要是太隆重了，說不定還把別人嚇到了呢。」

換好衣服，劉嘯問道：「對了，你老爹和熊老闆的生意談得怎麼樣了？」

「沒問！」張小花看著自己的ＱＱ消息，「不過早上我出門的時候，他約了熊老闆今天去考察什麼地方，大概是看中了一些項目吧。」

「那就好！」劉嘯舒了口氣，「聽你老爹的意思，好像熊老闆這邊生意很大，如果能做成的話，多多少少能壓制廖氏。」

「咦？」張小花奇怪地看著劉嘯，「你不是和熊老闆很熟嗎，怎麼你好像不知道熊老闆做什麼生意的！」

「我們也就是君子之交罷了！」劉嘯搖搖頭，「熊老闆為人很低調，再說，我也沒必要知道他是做什麼生意的。」

「真是服了你！」張小花擺擺手，「算了，不和你這呆子說廢話了，你趕緊去上班吧。」

劉嘯到軟盟時，剛好藍勝華在對接待小姐吩咐著什麼，看見劉嘯進來，藍勝華就招了招手，笑道：「你來得正好，我正在安排你的事呢。」

劉嘯「呵呵」笑著，「讓藍大哥費心了！」說完，跟前台的接待小姐打了個招呼，那接待小姐抿嘴微笑，她對劉嘯太熟悉了。

「行，你跟我來吧！」藍勝華轉身朝裏面走去，「我帶你去見老大，然後看老大怎麼安排你的工作！」

藍勝華帶著劉嘯直接進了裏面的那間小辦公室，也就是劉嘯上次面試的那個房間。

「老大，劉嘯來了！」藍勝華喊了一聲。

老大還是坐在最角落裏的地方，聽見藍勝華的話，抬頭掃了一眼劉嘯，點點頭，表示知道了。

「得，那人我就交給老大你了，我先出門辦事去了。」藍勝華說完，朝劉嘯笑笑，轉身出門去了。

「我要做什麼？」劉嘯問。

老大站了起來，朝劉嘯慢慢踱了過來。這是劉嘯第一次近距離地觀察這個所謂的「老大」，還是一頭的長髮，配上威猛的外表，看起來極不協調，但給人的視覺衝擊很強，讓人印象深刻。

老大冷眼看著劉嘯，「我知道你的技術不錯，但我們軟盟有個規矩，所有進來的人，必須從基礎做起！」

「明白！」劉嘯本來也沒打算做什麼事，他進軟盟，純粹就是衝著調查wufeifan來的。

「小三！」老大喊了一聲，道：「你帶他去安排一下！」

「知道了，老大！」旁邊的店小三放下手裏的活，走到劉嘯身邊，「跟我來吧！」

老大此時十分冷峻地伸出手，「歡迎你加入軟盟！」

劉嘯也伸出手，告退一聲，跟著店小三出去了。

店小三帶著劉嘯在外面的員工區穿來穿去，最後來到一個正在電腦前咬牙切齒的人跟前，店小三在那人肩上一拍，「大飛！」

大飛回頭一看，趕緊站了起來，「三哥！」此時劉嘯才看清楚大飛正在打遊戲呢，可能被人超過了，所以一副咬牙切齒的樣子。

「這是我們的新人，劉嘯，以後他就跟著你了！」店小三說完，指著旁邊的一張空桌子，對劉嘯道：「你就坐這裏，今天就先將就一下吧，明天公司會給你配一台電腦。」

「行！」劉嘯點頭。

「好好幹，如果有什麼問題，隨時來找我，公司能解決的，會儘量幫著解決。」店小三拍拍劉嘯的肩膀，轉身朝裏面走去。

大飛一看店小三走遠，趕緊回到電腦前去看自己的遊戲，可惜這麼一耽擱，自己的遊戲角色竟然掛掉了，不由怒哼一聲，「靠！」

劉嘯湊過來一看，「魔幻地獄？」

大飛看著劉嘯，「怎麼？你小子也玩這個嗎？哪個區的？」

「我不玩！」劉嘯搖頭，「不過我有個朋友玩這個，玩得還不錯，好像藍總監也玩這個！」

「你認識藍總監？」大飛奇怪地看著劉嘯。

「以前我做的一個專案，是藍總監負責的！」劉嘯看著大飛又把自己的遊戲人物復活，準備再次開戰，便道：「你在公司裏打遊戲，上面也不說話嗎？」

「這裏規矩不一樣，沒那麼多強制性的東西，只要你能把交代給你的項目按時完成，其他的一切就都好說！」說完，大飛似乎覺得一開始就給新人灌輸這種思想有點不好，便又補充了一句，「不過，也不能太過分啦，上面生氣了也是很恐怖的！老大生氣了，後果就很嚴重吶！」

不過，大飛嘴上這麼說，手裏的動作是一點也沒落下，已經開始操作著人物，殺進了NPC怪物堆裏去了。

「你再往前走一點！」劉嘯指著螢幕上的地圖，「往這裏走！」

「靠，那裏怪物那麼多，你小子想我再掛一次啊！」大飛很憤怒。

劉嘯笑說，「你聽我的絕對沒錯，這裏面怪物雖多，但有個BUG！」

大飛懷疑地看了看劉嘯，看劉嘯一副十拿九穩的樣子，便咬咬牙道，「好，老子就聽你一次！我告訴你，要是你害我掛了，可別怪我今後不客氣！」說完，朝劉嘯指的地方衝了過去。

劉嘯指揮著大飛一路殺到最裏面，然後指著旁邊的一個臺子，「跳到這上面！」

「靠，老子已經試過很多遍了，用技能也上不去！」大飛此時有種上當的感覺，看劉嘯的眼睛恨不得將劉嘯咬死。

「別急啊！」劉嘯趕緊道：「你注意加血，把這些怪物全部殺到不足三分之一的血，然後讓怪物打你！」

大飛奇怪地看著劉嘯，不知道這是什麼意思，但已經到這裏，他也沒辦法了，只得按照劉嘯說的，把那些怪物都殺到貧血，然後放出護盾，站在臺子下面死扛，一面拼命加血。

結果讓大飛意外的一幕發生了，幾隻怪物咬不動之下，竟然發動了機率極低的「合力一擊」，幾隻怪物排成一排衝向大飛的護盾，大飛的角色被撞得往後翻滾了幾圈，但幸運的是，遊戲人物竟然在猛烈撞擊之下，被彈到了臺子上。

大飛迅速加血，回頭再看怪物，只見那些怪物在下面拼命地撞著臺子，但卻已經不能對大飛的角色造成傷害了。

「臺子中間有個坑，你跳進去，然後往下面扔法術就可以了！」劉嘯頗為得意，「這樣怪物打不到你，別人也發現不了你！」

大飛一試之下，果然如此，不禁大為興奮，使勁拍著劉嘯的肩膀，「兄弟，謝了，晚上我請你吃飯！太爽了，這裏怪物這麼多，如果再練下去，估計過不了兩天，我就能追上藍總監了。」

劉嘯笑著搖頭，這個秘訣是小武表弟發現的，自己不過是借花獻佛罷了，轉身坐到自己的位子上，桌子上連台電腦也沒有，上面也沒交代什麼事，劉嘯無聊地坐著，轉著圈看別人在做什麼。

大部分人都在忙著做事，沒事做的，也都抱著資料在研究，像大飛這樣的另類，是僅此一位，劉嘯不由感嘆道：「看來軟盟的氛圍很好，大家似乎都很拼命啊！」

大飛不屑地撇了撇嘴，「還不是想在那間小房子裏爭取個座位！切，老子是不稀罕，否則我也坐到那包間裏去了！」

「包間？」劉嘯好半天才反應過來，指著辦公區深處的那間小房子，「你是說那個小的辦公區？」

「除了那，公司還有別的辦公區嗎？」大飛撇著嘴，眼睛都沒離開自己的遊戲。

「怎麼回事，你給我說說！」劉嘯大感興趣，把椅子拉到大飛旁邊，問道：「坐不坐包間的，難道還有什麼講究嗎？」

「當然有講究！」大飛放開鍵盤，回頭瞪著劉嘯，「不然這些人為什麼要如此拼命！」

「那你給我講講吧！」劉嘯指著自己，「你看我有沒有機會坐到裏面去？」

「你想進去？」大飛擺了擺手，道：「剛來就想坐包間，你想得倒是挺美，做夢去吧你！還有！」大飛聲音壓低，「既然你被分到我的手下，我就給你個忠告，老老實實跟著我做事，別打那個包間的主意，這是為你好，明白不？」

「不明白！」劉嘯搖頭。

「多待兩天，稍微有腦子的，就都能明白過來！」大飛似乎不願意給劉嘯解釋這其中的原因，說完又打遊戲去了。

「你這人怎麼說話雲裏霧裏的！」劉嘯看著大飛，「你直接告訴我怎麼回事不就得了嘛！」

大飛搖頭不說，不管劉嘯怎麼問，他就一句話，「你自己慢慢琢磨去吧，別打攪我玩遊戲！」

劉嘯無奈，只得把自己的椅子又拖了回去，坐在辦公桌前發呆。

到底大辦公區和小辦公區有什麼區別呢，會不會是進了小辦公區，就代表著這個人在公司獲得了一定的管理許可權，成為公司的管理階層？

這麼想的話，也算有一定的道理，大家這麼拼命，當然是為了證明和提升自己的能力，然後坐上管理層的位置，不但薪水可以增加，也有了一定的地位，這種成就感確實是一種可以刺激人拼命的動力。但大飛無意角逐管理層也就罷了，為什麼還要給自己一個警告，讓自己也不要去摻合這事呢，劉嘯琢磨不透這一點，但大飛又不願意說，看來自己得從別的管道想辦法了。

劉嘯第一天的工作就在這無聊的猜測中過去了，軟盟始終沒有給大飛和劉嘯派下工作來，所以兩人一個遊戲，一個發呆，好不容易捱到了下班的時間。

大飛很滿意，得意地下線關機，拍了拍劉嘯的肩膀，「走走走，我請你吃飯去，今天太爽了，衝上等級榜了！」

劉嘯大汗，這大飛和小武表弟還真是有得一拼，都把虛擬世界當作真實生活，把遊戲中的成就當作了自己的追求目標。

想起張小花還在家裏，劉嘯趕緊推辭道：「今天不行，我已經和別人約好了，改天吧，我請你！」

大飛賊賊地笑著，「約了女朋友是不是？」

劉嘯「呃」了一下，驚訝地看著大飛，這小子還真厲害，不知道是怎麼看出來的。

「這麼看我幹什麼？」大飛瞪著眼，「你瞧你這一臉的淫蕩，除了女朋友，還能有別的事嗎？」

大飛在劉嘯肩上捶了一捶，「得，那我就不壞你好事了，趕緊去吧！」

劉嘯大汗，收拾了自己的東西就朝公司門口走去，一邊走一邊還納悶地摸著自己的臉，「我淫蕩了嗎？」說完一搖頭，快速出了軟盟的大門。

回到家，張小花竟然不在，不過電腦開著沒關，劉嘯過去看了看，只見那個神氣豬正在給張小花狂發消息，也不知道張小花是怎麼忽悠這小子的，這小子現在拼命發消息過來，說一定要讓張小花知道自己說的都是真的。看張小花不回消息，那小子著急了，說自己現在就可以證明。劉嘯一樂，趕緊回了一句：「那你現在就去駭新狼網給我看看！」

只片刻時間，那邊消息過來了，「我還得靠這個賺錢呢，不過，讓你看看效果倒是可以的。」隨後那傢伙發過來一個網址，是新狼網的一個子網頁，「你仔細看著這個網頁，看仔細啦。」

劉嘯打開之後，發現是一篇新聞，沒有什麼奇怪的地方，劉嘯仔細看了幾眼，便把網頁存檔了下來。

剛做好這些，對方又發來消息，「你現在刷新一下這個網頁看看！」

劉嘯一刷新，眼睛立時發直，才片刻的工夫，那個網頁就被對方給修改了。

劉嘯也算是內行了，所以一眼就看到新聞的標題被改了一個字，如果換了外人，一時半會兒還真看不出來呢。

劉嘯驚訝萬分，不知道對方究竟是掌握了什麼漏洞，竟然可以隨時將網站玩弄於股掌之間，可是網站的管理員卻絲毫沒有察覺。

「怎麼樣？現在相信了吧！」神氣豬的消息又過來了，劉嘯能感覺到他此刻的得意。

「信了！你還真是了不起啊！」劉嘯不得不服。

「沒想到你眼睛挺毒的嘛，這麼快就看出來了！」神氣豬也有些意外。

劉嘯不知道張小花之前是怎麼和這傢伙說的，就含糊地回了一句：「那我再看看，稍後給你回覆好不好！」

神氣豬迅速回道：「好，儘快啊！」

劉嘯撇下這台電腦，去開自己的那台電腦，在腦袋上猛拍了一下，自己光顧著琢磨神氣豬修改網頁所能利用的漏洞，竟然忘了追蹤那傢伙的ＩＰ。劉嘯想再去給神氣豬發個消息，最後放棄了，還是等張小花回來再說吧。

打開電腦，劉嘯找到那個不知道被誰放置的間諜工具，他得弄清楚這工具到底是做什麼用的。

對方放置這個間諜工具，也費了不少心思，竟然在電腦中又建立了一個很小的分區，分區的大小剛好能裝下這個本來就不大的間諜工具，然後將這個分區隱藏起來，如果不注意的話，根本發現不了，因為你看到的分區數目沒有增減，而且分區容量的變化也很細微。

劉嘯將這個隱藏的分區恢復了過來，然後將間諜工具提取出來，放入了自己的虛擬系統之中，保險起見，劉嘯拔掉了自己的網路線，然後才開始運作。

「喀」一聲響，此時門剛好被打開，劉嘯嚇了一跳，差點以為是那個工具造成了電腦的什麼錯誤操作呢。

張小花推門而進，手裏提著大大小小十多個包裹，看到劉嘯，便道：「快來幫忙把東西接住，累死我了！」

「天吶！」劉嘯狂汗，張小花的購買欲望還真是強大啊，照這樣子，估計用不了一個星期，自己的卡就得讓她敗光，不過劉嘯嘴上可不敢說，趕緊起身把東西接住，「你買這麼多東西啊！」

「你什麼時候回來的？」張小花活動著發酸的肩膀，「這都是給你買的，試試吧！」

「給我？」劉嘯大為詫異。

「你早上不是抱怨自己沒衣服穿嘛，我下午跑了一圈，給你買了好幾套。」張小花坐下捶著自己的腿肚子：「我腿都快走腫了呢！」

劉嘯早上不過是隨口一說，因為他根本就不重視這個軟盟的工作，張小花卻把他的一句無心之語聽到了心裏，特地去給他買了衣服回來。

張小花這種養尊處優的大小姐能夠做到這樣，也足以讓劉嘯滿意和感動了，他放下東西，走到張小花背後，「有兩套換著穿就可以了，看把你累的，我給你按摩按摩。」

「這還差不多！」張小花閉上眼睛，一臉的舒服和享受。

「對了，剛才神氣豬一直給你發消息，我幫你接了。唔，那傢伙手裏真的有各門戶網站的漏洞！」劉嘯皺眉說。

「不是吧！」張小花打開剛才的記錄翻著，「我還以為騙不到這傢伙呢！」

「你怎麼跟他說的？」劉嘯問。

「那傢伙警惕性挺高的，剛開始他懷疑我是在套他，所以不怎麼搭理我，後來我都準備放棄了。沒想到這傢伙看我是女生，回來勾搭我，還讓我給他發照片，我找了一個小模的照片發了過去，誰知他還來勁了，使勁吹噓自己多麼厲害！」張小花看著螢幕，「吹得我都煩了，就出去給你買衣服去了。」

「哈哈……」劉嘯先是一愣，隨即大笑，這個神氣豬也真是見色不要命，一看見美女，就什麼也顧不著了，竟然冒著被管理員發現的風險，去向一個沒見過面的異性證明自己的能力。

「你不是會追蹤ＩＰ嗎？」劉嘯看監控記錄出來了，就道：「你再去和他聊，查一查這小子到底在哪裡！」

「我給人幹活的費用可是很高的哦！」張小花看著劉嘯，「你可要想清楚！」

劉嘯沒好氣地擺著手，「去吧去吧，大不了再給你買個名牌包。」

張小花這才滿意地「勾搭」神氣豬去了。

劉嘯調出虛擬系統的監控記錄，打開一看，不禁暗道一聲「好險！」幸虧自己之前把網路線先給拔了，現在還不清楚這個間諜軟體是不是能監控自己在電腦上的一切操作，但監控記錄顯示，這個間諜工具剛才居然不斷地向市府的網路發動攻擊。

「靠！」劉嘯心裏咒罵不已，這也太可惡了，生怕別人不知道自己就是那海城事件的兇手似的。

劉嘯此時真是既憤怒，又哭笑不得，也不知道誰想出這個主意的，按說wufeifan那麼精明的人，是不會做出如此愚蠢的事，但要說是海城警局找自己做替罪羊，那也有點說不過去，這案子有各方的人馬盯著，他們怕是還不敢做這麼弱智的手腳吧。

劉嘯看了看這個間諜工具的日期，系統顯示這個檔放到電腦裏的時間是一個月前，剛好是海城事件的前兩天，看來對方倒是費了一番心機的，能夠把工具的日期都修改掉，而且還能做出如此高明的隱藏技巧，一定是高手所為，看來這工具十有八九是軟盟放進來的，目的就是為了和自己的鑒定報告相吻合。

但劉嘯實在想不通，他們完全有別的方法可用，為什麼會蠢到這種地步？

劉嘯咬牙想了半天，最後得出一個結論：他們認為這是最直接最有力，也是最有可能證明自己是兇手的辦法，就算栽贓不成，日後警方反查回來，他們也能推得一乾二淨，日期明擺著呢，難道警方還能說那工具是他們一個月前就塞到劉嘯的電腦裏的麼？

「歹毒啊歹毒！」劉嘯把牙咬得直響，這幫傢伙可真是無恥，可惜的是自己現在雖然知道了wufeifan出在軟盟，但還沒有找到確鑿證據，也不能指出wufeifan究竟是哪一個。

「或許……或許找到當時負責鑒定自己電腦的人，就能知道他是誰了。」劉嘯此時突然想到了一條思路，看來明天到軟盟後，自己得在這方面下點工夫。

「完了完了！」張小花此時突然嗆呼了起來。

劉嘯嚇了一跳，道：「怎麼了？」

「不知道是誰告訴那隻豬，說照片是假的。」張小花嘆了口氣，「現在豬很生氣，說我傷害了他的感情，要駭我的QQ和電腦！」

「那就讓他來啊！」劉嘯一聽，頓時笑開了，「我還怕他不來呢！只要他敢來，咱們就讓他有來無回。」劉嘯很高興，如果對方主動攻擊，那連追蹤對方的事都省下了。

劉嘯說完，走到張小花的電腦前，對電腦上的IP保護策略做了一些修改，他已經懶得和對方捉迷藏了，不如乾脆把自己的IP位址暴露給對方，讓對方趕緊放馬過來，自己在這邊守株待兔就可以了。

可惜等了好一會兒，那神氣豬也沒有發動攻擊，只是在QQ上一個勁地咒罵著張小花。

劉嘯搖了搖頭，「這傢伙不會只是嘴上功夫吧？」

張小花皺著眉點頭，「我看他也只會耍嘴皮子了！」

「也未必，這豬剛才還給我秀了一把呢，新狼他都能駭，駭咱們的電腦應該不是什麼難事！」劉嘯有點想不明白。

「你又沒親眼看見，說不定那是別人做的，這小子拿來給自己臉上貼金！」張小花道。

劉嘯想了一下，覺得也有這種可能，如果對方真是一個集團的話，或許是這樣，各有分工，有負責技術的，有負責業務的，之前完全有可能是這神氣豬讓技術人員幹的，「唉，算了，不等了，吃飯去，說不定你老爹一會兒又來接你了！」

這次劉嘯的預感再次恢復了靈驗，飯剛吃完，張春生派來接張小花的人就跟過來，看來他百忙之餘，對張小花也是一點都沒大意吶。

送走張小花，劉嘯回家又盯了一會兒神氣豬，可那傢伙承諾的報復卻遲遲不肯出現，劉嘯無奈，只得關機睡覺，自己現在是有工作的人了，不能再像以前那樣通宵鏖戰了。

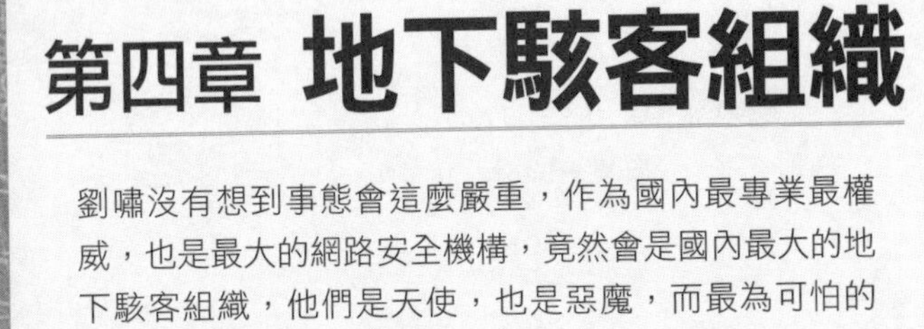

# 第四章 地下駭客組織

劉嘯沒有想到事態會這麼嚴重，作為國內最專業最權威，也是最大的網路安全機構，竟然會是國內最大的地下駭客組織，他們是天使，也是惡魔，而最為可怕的是，他們出現在眾人面前的只有天使的一面。

第二天到了軟盟，上面還是沒有給劉嘯和大飛派下工作來，大飛依舊是去忙著玩自己的遊戲去了，劉嘯今天也不像昨天那麼無聊了，因為軟盟給他配了一台電腦，他至少可以到網上到處看看資料什麼的。

劉嘯站起來伸著腰，劉嘯左右看了看，決定溜達溜達去，活動一下筋骨。

出了辦公區的門，門口那接待美眉便笑了起來，問道：「你怎麼跑出來了？要出公差？」

「出公差？」劉嘯擺了擺手，道：「要是有公差倒好了！公司沒給我派工作，我坐得難受，出來透透氣！」

「不愧是當過經理和總監的人呢！」接待美眉掩嘴笑道：「我們這些小職員，可不敢這麼自由！對了，你以前的經理和總監怎麼不做了？」

「讓人給炒了魷魚啊！」劉嘯嘆了口氣，隨即趴到接待美眉面前的櫃臺上，問道：「對了，有個事得請教請教你，我聽說公司很多人拼了命也要進那個小辦公區，這是怎麼回事？這公司裏的大辦公區和小辦公區還有什麼內幕不成？」

「那當然，不然大家為什麼要那麼拚命！」接待美眉笑咪咪地看著劉嘯，「怎麼？你想進那個小辦公區？」

「那倒不是！」劉嘯笑著，「我新來的，不懂這些，所以有點好奇罷了！」

「其實我也納悶呢，你和藍總監關係似乎挺好，按說他應該讓你進那個小辦公區才對！」接待美眉說完，又笑道：「我告訴你也可以，不過，你得請我吃飯！」

「沒問題！」劉嘯趕緊答應，「時間地點你來定！」

接待美眉把頭湊到劉嘯跟前，小聲道：「我也是聽公司裏那些技術員說的，說能夠進到小辦公區的人，就是公司的精英，可以做大的項目；雖然說職位可能不會變，但拿的工資卻是大辦公區員工的幾倍，甚至幾十倍。」

「這麼回事啊……」

「誰不想多賺錢啊！有利益誘惑，大家當然是都拼了命往裏面擠！」接待美眉再次壓低聲音，「不過我告訴你個事，你可不要告訴別人啊！」

「呵呵，我肯定會守口如瓶的！」劉嘯笑著。

「其實那些人就算再努力，也根本不可能進到小辦公區裏去，要說公司裏有希望進那個小辦公區的，我看就是你了！」接待美眉說道。

「呃……為什麼？」劉嘯有點不解。

「我一直在櫃臺做接待，已經觀察很久了，那些能夠進到小辦公區的人，都是和老大或者是和藍總監幾個頭頭認識的熟人，那些從正常管道招聘進來的人，至今為止，還沒有一個坐到那裏面。」

「哦？是這樣啊！」劉嘯有些明白了，但同時也有些摸不著頭腦，「那你為什麼要告訴我這些呢！」

接待美眉笑說，「我希望你能進到那小辦公區裏，進那裏面就意味著賺大錢，等你發財了，你可要記得我哦！」

「呵呵……」劉嘯笑了起來，「那是自然！」

「劉嘯，你在這裏幹什麼呢？」藍勝華此時推門而進，看見劉嘯和接待美眉有說有笑，不禁問道。

「哦，在裏面坐得有些悶，出來透口氣！」劉嘯回身笑道。

藍勝華看了看，道：「你散漫慣了，可能一開始有點不適應上班的生活，不過你得慢慢適應著。」

劉嘯撓了撓頭，皺眉道：「也不是不適應，只是公司沒派工作給我，乾坐著就有點難受。」

「是這樣啊！」藍勝華沉吟了一下，「那我現在就去問問老大，看還有沒有什麼項目還沒派下去。」

「行，老這麼坐著還真有點不習慣！」劉嘯笑著。

藍勝華拍了拍劉嘯的肩，笑道：「你呀，真是的，讓你歇著你也有意見！走，進去吧！」

劉嘯回到自己的位子，大飛奇怪地看著劉嘯，「藍總監對你說什麼了？」

「沒說什麼！」劉嘯繼續看自己的網頁，「是我說自己乾坐著有點難受，看什麼時候能給派個工作下來！」

大飛很鬱悶地「切」了一聲，「還有閒得難受的？真是新鮮，你要是實在沒事幹，跟我一樣打遊戲唄！」

劉嘯搖搖頭，笑道：「那不更無聊嗎？」

下午快下班的時候，上面終於給劉嘯派下工作了，還是店小三親自過來下達的，不過店小三沒說是什麼具體的工作，只是道：「大飛，你和劉嘯跟我出一趟工。」

「靠！」大飛恨恨地嘟囔著，「看來今天又追不上藍總監了。」不過他還是退出遊戲，站了起來，問道：「什麼活？」

「去了就知道，好活！」店小三難得笑了一下。

「知道了！」大飛立刻興奮起來，過去拍著劉嘯的肩，「劉嘯，今天你可算有福了，還不謝謝三哥！」

「呃……」劉嘯根本弄不清楚狀況，不過看大飛的樣子，他應該不是第一次遇到這種情況了。劉嘯還沒琢磨出到底是什麼事，就被大飛給拖出了軟盟，兩人跟在店小三的後面，進了地下停車場。

一進地下停車場，劉嘯的眼睛就直了，對一旁的大飛道：「不是吧？我看這樓破破爛爛的，一點都不顯眼，沒想到樓裏的人這麼厲害，這哪裡是停車場，簡直就是奢華車展啊！」劉嘯粗粗目測了一下，這個不大的停車場，豪華跑車居然停了不止二十輛。

大飛用看土包子的鄙夷眼神看著劉嘯，一邊慢悠悠地掏出菸來點著，往旁邊一輛超跑上一靠，吸了一口，才道：「你還不知道吧，這好車全是咱軟盟的！」

話音剛落，只見店小三拿出車鑰匙一按，一輛紅色的法拉利跑車就閃了起來，店小三逕自朝車子走了過去。

劉嘯當即傻眼，這車至少也得幾百萬吧，這店小三不過比自己大個兩三歲，看看人家混的，竟然豪華超跑都開上了。

如果這只是個個例，那也沒什麼驚奇的，或許是店小三家境殷富，買個車算不上什麼。但這麼多豪華車擺到一起，就解釋不通了，難道這世上的富人都閒得沒事幹了，全都跑到軟盟來紮堆，寧願開著豪華跑車來拿幾千塊的月薪，怕是連保養費都不夠吧？

一個大膽的想法在劉嘯的腦海裏冒了出來，看來軟盟裏不是只有一個wufeifan，而是整個地下集團就在那間小小的辦公區內。

劉嘯的後背沁出了一層冷汗，他沒有想到事態會這麼嚴重，其實任何人都不會想到，作為國內最專業最權威，也是最大的網路安全機構，竟然會是國內最大的地下駭客組織，他們是天使，也是惡魔，而最為可怕的是，他們出現在眾人面前的只有天使的一面。

「你坐他車！」大飛此時開了腔，隨即在自己的兜裏摸出一串鑰匙來，「我開車後面跟上，奶奶的，我這破車跟在人家法拉利後面，都自卑地沒法跑了。」

劉嘯正想著出神呢，大飛的話把他嚇了一跳，「啊」了一聲，差點撞在了店小三的車上。

「媽的，你小子慢點，見著好車也不用這麼激動吧！」大飛罵了一聲，看劉嘯沒事，才回身去開了自己的車，嘴裏依舊嘟囔道：「又一個土包子！」

店小三鄙夷地看了劉嘯一眼，戴上太陽眼鏡，朝大飛喊了個地名，自己就開車先行一步了。

劉嘯坐在一旁，繼續想著剛才那個問題，如果自己的猜測是真的，這個軟盟裏所謂的「精英」們，就是wufeifan集團的核心力量，那自己該怎麼辦呢？是繼續在軟盟待下去，伺機尋找證據；還是將這個事情告訴劉晨黃星他們，交給警方去自行處理；或者是乾脆和wufeifan他們拼了，人家都將自己置於死地了，自己也不能來而不往吧。

店小三似乎很想在劉嘯面前顯擺一下自己的車技，只要路況稍微好點，他就不停地加速超車，一路狂飆。只是他想不到劉嘯非但不羨慕，還在心裏嘆息不已，熊老闆那樣的人，生意做得那麼大，也沒捨得買這麼貴的車，而軟盟裏一個小小的技術人員，一出門，屁股下面就壓著價值幾百萬的座駕，這幫傢伙利用自己的技術強取豪奪，把別的錢愣是刮進了自己的口袋裏，所以花起來一點也不心疼。

而劉嘯之所以憤恨就是在此，如果軟盟的人是憑著技術，靠正當途徑賺錢，那就算是個個都開直升機，我劉嘯也只會衷心地祝福你們，因為這是你們應該得到的。但你們要是像吳越霸王、ＱＱ盜竊集團、神氣豬那樣來攫取錢財，那我劉嘯絕對不服。

想到這裏，劉嘯的主意已定，看來自己還得在軟盟繼續待下去，好找機會把這些吸血螞蝗的天使外衣統統扒掉。

店小三的車子最後在一棟深紅色的豪華辦公樓前停了下來。

「就這兒了，咱們等一會兒大飛！」

劉嘯下車後左右一看，有些意外，居然能看到天晶大廈矗立在不遠的地方，仔細回想了一下，劉嘯記得當時在ＮＬＢ的時候，自己此刻站腳的地方似乎還是一片工地，沒想到時隔一個月，這裏便成了一座五層的豪華辦公樓。

想到ＮＬＢ，也不知道牛蓬恩現在怎麼樣了，牛老闆可是為了自己，才在警方那裏撒了謊，雖然說這事現在已經了結，但不管怎麼說，自己都應該去看看牛老闆才對，不然確實有點讓牛老闆寒心了。

「看什麼呢？」店小三從車裏出來，「以前沒見過這麼高的樓嗎！唔，這是天晶大廈，海城最高級的寫字樓了，等咱們軟盟的業績再提高一點，也搬這裏頭來！」

劉嘯搖頭苦笑。

店小三看了看時間，嘟囔道：「這大飛怎麼回事，就是個驢車也該到了啊，好了，咱們先進去吧！」說完，店小三便邁步朝背後的辦公樓走了進去。

劉嘯往左右看了看，確實不見大飛車的影子，搖搖頭，轉身快步跟上店小三，「三……三哥，今天到底是什麼活？」

「這家企業剛剛完成廠房的改造和企業網路升級，今天本來是他們新業務的發佈會暨遷回新廠的喜慶日子，誰知公司的網路卻癱瘓了，所以打電話向我們求助，再詳細的情況我也不清楚，進去後再說吧！」店小三說。

劉嘯無奈，只好跟著店小三走了進去。

一進門，裝修豪華的大廳和大廳裏一個個的愁眉苦臉形成了極大反差，看見二人進來，前臺的接待小姐走上前來，「您好，請問您也是來參加新聞發佈會的吧？」

店小三摘下自己的太陽眼鏡，「不，我們是軟盟公司的人，是貴公司的網路維護部打電話叫我們過來的。」

「你們是軟盟的人？」店小三聲音剛落，旁邊就殺出個西裝革履的中年人，過來一把握住店小三的手，「可把你們給盼來了！」

「你這是……」店小三被對方的熱情弄得有些不知所措。

「鄙人姓方，是這裏的老總。」那人還是很激動，「你們可算是來了，我們企業的死活可就全仰仗兩位了！」

「你別著急啊！」店小三皺眉不已，「把話說清楚好不好！」

「是這樣的，我們企業的網路徹底癱瘓，網路部的人檢查後說，線路沒問題，但誰也不能上網，而且公司裏數百台電腦，也無法內部連線。」那方總嘆了口氣，「如果僅僅是這樣，那還罷了，頂多跑跑腿，倒也不至於耽誤辦公和業務聯絡；但後面的廠房，是我們剛剛重新裝修完成的，新上了全自動生產線，一切都由電腦來操作，現在網路不通，生產線就等於罷工了。有個單子馬上就要到期了，真是急死人。拜託兩位了，一定給我們想個辦法。」

劉嘯一聽，腦海裏立刻冒出了一個名詞：ＡＲＰ攻擊，能造成這種效果的，多半是ＡＲＰ攻擊造成的。

這種攻擊手法也有點類似特務接頭，更有點像是郵遞員派發報紙。郵遞員每天有大量的報紙要送，他知道訂報紙人的姓名還有詳細住址，姓名就像是電腦的ＩＰ位址，而詳細住址，就是電腦的ＭＡＣ位址，郵遞員把這些都記在自己的工作本上，然後每天按上面的地址去送報紙，如果訂報紙的人搬家了，他得修改自己工作本上的記錄，以保證送到新的地址。如果哪位用戶退訂了，他也要把這個人的名字和住址從工作本中刪掉。

一般來說，這樣做不會出什麼問題，但也不是完全就沒有失誤，如果有人向郵局發出了很多個訂報紙的請求，而提供的姓名和地址全是假的，第二天，郵局派出了所有的郵遞員去發送報紙，結果郵遞員在大街小巷亂竄，為找到這些用戶的地址而來回折騰，那麼，這個城市的報紙派發工作便陷入了癱瘓之中。

現在，這個企業的網路中怕是充斥著太多的被折騰得五迷三道的「郵遞員」，他們徹底迷了路，這才導致企業正常的通信被完全中斷。

更有甚者，他們還會借機竊取不屬於自己的報紙，郵遞員拿著報紙到處打聽：「誰認識張三啊，他家住哪？」此時李四跳了出來，「我認識，他家住在××路××號！」郵遞員大喜，就把這份報紙送到了這個住址，還把張三的名字和這個住址添加到自己的工作本裏，以後只要是張三的東西，他就送到這個地址來了。

但這個地址根本就不是張三的，而是李四的，李四把張三的報紙看完後，才轉發給張三。

如果僅僅是份報紙也就罷了，但郵遞員送的如果是張三的機密信件呢？李四除了竊取這個機密之外，他完全有可能將張三的信件偷梁換柱，這樣的危害就很大了。

電腦之間的通訊也是這個道理，電腦A要發消息給電腦B，他首先要知道電腦B的IP位址，也就是訂報紙人的姓名，然後在自己的記錄列表查找這個IP位址對應的MAC位址，即訂報人的詳細住址，找到後，電腦A就可以消息傳送過去。當找不到電腦B的MAC位址時，他就會發出廣播，詢問電腦B的具體位址，這樣就被有心人找到了可趁之機。

要解決這個ARP攻擊的問題也很簡單，只要把每台電腦的IP位址固定，然後建立一個對照表，將這些對應關係保存起來，就像郵遞員手裏的工作本一樣。

但要保證這個工作本是絕對靜態的，裏面的記錄不能發生改變，這樣消息就不會傳送錯誤，日後就算添了新電腦，只要給新電腦設個新的ＩＰ位址就可以。再有，就是找到ＡＲＰ攻擊的源頭，並將它清除掉。

不過，店小三似乎更為謹慎一些，只是微微頷首，「我們先去調查一下，先弄清楚造成這種狀況的原因，至於什麼時候能恢復，得找到原因之後才能確定。不過你也不要太擔心，以我們軟盟的實力，解決此類問題是手到擒來的。」

「這就好，這就好！」方總的臉色總算是好看了一些，不過他又將店小三拉到一旁，低聲道：「另外，我還有一件事情要拜託你。」

「你說！」店小三笑著。

「這個……這個，你是這行的高手，請你給分析一下，這會不會是有人故意整我們公司？我聽說那些駭客都很厲害，無所不能，他們會不會是衝著我們公司的商業機密來的？」方總一臉的擔憂。

「哦……」店小三沉吟了一下，「我們可以找到造成網路癱瘓的原因，也可以在最短時間內恢復這裏的網路通訊，但你說的這個嘛……」

店小三又頓了一下，一副高深莫測的樣子，「不排除有這種可能，但究竟是不是駭客入侵，入侵的目的又是什麼，那就得做一番詳細的檢測，這個過程非常麻煩，也很耗時間……」

方總左右看看，附耳上去，「我們不怕麻煩，但這個問題必須得搞清楚！這事就拜託你了，事後我們另有重金酬謝。」

店小三「呵呵」地笑了起來，「份內之事，份內之事。要不這樣吧，我們先在最短的時間內讓網路恢復正常的運轉，這樣工廠就可以立刻開工，不至於耽誤你們的工期。你說的那事呢，就由我來專門負責調查，你看如何？」

「不愧是專家啊，這樣最好，這樣最好，那就麻煩你了！」方總一聽，心想這軟盟果然是名不虛傳，一聽這話，就知道來人肯定是高手，處理很多次這樣的事情了，有經驗。

「那我們就開始動手了啊！」店小三又笑了幾聲，轉身對劉嘯道：「劉嘯，你去找他們網路部的技術員核實一下，找到問題的原因！」

「好！」劉嘯應了一聲，一旁就有人帶他去網路部了。

店小三回頭看了看窗外，不禁低聲臭罵：「狗日的！這大飛死路上了不成！」

劉嘯進了網路部，已經有技術人員等在了那裏，聽說劉嘯是軟盟派來的，就開始說明情況：

「公司是前幾天開始往回搬遷的，整個企業的網路是由我們網路部根據那條自動化生產線的需要，自行進行設計和劃分的，這個是有統一規劃的，但我們沒有統一的安全和病毒防護。前兩天，公司的網路就時斷時續，當時我們不以為意，以為是電信方面的故障，但為了保險起見，我們還是建議員工們安裝殺毒軟體，後來情況比較嚴重後，我們就強行為員工的電腦裝上了殺毒軟體，沒想到今天卻……」

網路部的人有點喪氣，不裝還好，裝上殺毒軟體之後，整個公司的網路反而癱瘓了。

「路由器，交換機之類的設備檢查了沒有？」劉嘯問道。

「都檢查了，這是我們新買的設備，事發後，我們就請設備商來人檢測過了，全都正常！」

劉嘯「哦」了一聲，不是設備上的毛病，那就基本可以肯定，八成是ARP病毒造成的，「公司的IP劃分有統一安排沒？」

「沒……」網路管理員有些不好意思，「我們是想等全部搬遷回來後，再進行統一的安排，沒想到……」

劉嘯當即大汗，沒想到這麼大一家公司，卻請了這幾個一點經驗都沒有的網管，既然已經這樣了，說別的也沒用了，先把那台感染ARP病毒的機器找出來吧。劉嘯想了想，公司的IP如此混亂，就算是找到發動攻擊的IP，那也不知道具體是哪台電腦。

「這樣吧！」劉嘯看著網路部提供的全公司網路結構圖，「你們先關閉企業全網，讓各部門的子網各自獨立運行，完了看哪些部門依舊存在問題，這樣我們尋找的範圍也能小一點。」

「好！」網路部的人焦頭爛額了一天，雖然也懷疑是ARP攻擊造成的，但是卻始終找不到感染了ARP病毒的電腦，現在好不容易有高人做主，趕緊行動了起來。

「我來了，我來了！」劉嘯剛一吩咐完，大飛就跑了進來，進門之後猶自罵罵咧咧，「奶奶的，知道我車不行，也不等著我點，靠！那……劉嘯，

這公司的網路到底啥問題？」

「網路通信堵塞癱瘓，硬體都沒毛病，我估計是ＡＲＰ攻擊，不過他們公司沒有統一的ＩＰ劃分，我想先縮小一下調查的範圍！」劉嘯回答。

「不錯，不錯！」大飛笑了起來，「那確定出範圍沒有？」

「還沒呢！」劉嘯搖頭，「我也剛到這裏，我現在正要讓他們斷開全網，然後看問題出在哪個子網！」

「太麻煩了！」大飛一擺手，「你們先回來，我有話要問！」大飛把那幾個要去行動的網路部技術人員又給叫了回來。

那幾個技術人員剛邁開腿，被大飛這一喊，齊齊急剎車，差點沒摔著。

「我問你們，你們公司哪個部門女人最多？」大飛一臉淫笑地問著。

眾人直接吐血，這人來了，啥活也不幹，就想知道哪裡女人多，看來不是什麼好鳥啊，於是眾人誰也沒開口。

「怎麼？沒聽見我的話啊！」大飛眼睛一瞪。

眾人你看我，我看你，這才有人說道：「財務部！業務部！」

「前面帶路！」大飛回頭看了一眼劉嘯，「劉嘯，你去財務部，我去業務部！」

劉嘯此時有點明白了，大飛的意思是，最有可能感染病毒的就是這兩個部門，一般來說，女性在電腦的操作方面不如男性，而且防毒意識也差一些，很少安裝殺毒軟體，中毒之後，察覺的機率也比男性低。這麼一分析的話，大飛的這種估計是非常有可能的，只是大飛天生一副淫蕩臉，也難怪別人誤會。

劉嘯跟著技術員來到了財務部，外牆上的箱子裏裝著兩台交換機，此時正閃個不停。

「打開，切斷和全網的聯繫！」

技術員應了一聲，打開箱子，拔掉那根從全網切過來的線。

劉嘯便跟著技術員進了財務部裏，此時一大幫人坐在辦公室裏聊天，公司的業務停滯了一天，大家也就沒什麼活幹，劉嘯一進去，那些人等看清來人，立即七嘴八舌地問個不停：

「公司網路什麼時候恢復正常啊？」「我什麼時候能上網？」「趕緊恢復吧，我還有一筆賬等著要轉呢！」……

劉嘯頓時感覺腦袋嗡嗡直響。

「正在解決，這位是公司請來的高手，估計很快就能恢復了！」技術員忙道。

只見劉嘯跟作法的老道一樣，走到一台電腦前，先是前後看三圈，然後在電腦上又敲又拍又摸的，之後在電腦上敲入幾個命令，看了一下財務部此時的網路資料情況，便迅速撤出了財務部。

「呼！」劉嘯出門之後才長長地舒了口氣，擦了擦汗，朝裏面吼道：「別愣著了，趕緊去業務部！」

裏面的那兩個技術員才反應了過來，慌慌張張地退出了財務部。

「財務部的子網正常，並且沒發現異常ＡＲＰ資料！」劉嘯這才說出了自己的結論，「看來問題不是出在這裏！帶我去業務部看看！」

眾人到了業務部，只見這裏清一色是女性員工。

大飛在一台電腦前抬起頭，「好，現在大家都看到一組資料了吧，請告訴我，誰的是10.127.1.123？」

只見一個女孩像中了頭獎似的跳了起來，「我的我的！」

劉嘯大汗，自己電腦中毒了，有必要這麼高興嗎？

他走到那女孩的電腦前，拔掉了她的網路線，回頭看著大飛，「還有別的源頭沒有？」

大飛搖了搖頭，「動手吧！」

劉嘯對那女孩道：「不好意思，你的電腦暫時被徵用了，我們要做個檢測！」

女孩極不情願地讓出位置，「我電腦裡有很多私人的信件，你可不要偷看啊！」

「不會，絕對不會！」大飛笑著走了過來，「如果你不放心，我幫你監視他！」大飛說完，又掏出自己的菸盒，點著一根，對劉嘯道：「我先歇會兒，你不行的話再喊我！」

劉嘯按下快捷鍵，打開系統，沒想到一看差點吐血，CPU使用率百分之百，記憶體使用率就更不用說了，說是三百都不為過，連系統預設的虛擬記憶體都快被用光了，再看進程列表，此刻正在運行的進程高達八十多個。

劉嘯捅了捅大飛，大飛回頭一看，剛點著的菸差點掉到了地上，光肉眼能辨認出來的木馬程式就有十來個，那還有個屁隱私可言，人家都把你電腦翻了何止幾萬遍。

「怎麼了？」那女職員關心地問。

大飛好不容易才把菸重新塞進嘴裏，「你不覺得自己的電腦平時運行很

慢嗎？」

「啊呀！」女孩眼睛一亮，「你怎麼知道？你幫我看看，是不是我電腦的配備沒有別人的好，或者是假貨？平時開機都得二十來分鐘。我也懂電腦的，我跟設備組說這電腦是假的，讓他們給我換一台，可他們不信，氣死我了。」

大飛的菸又「噗」地一聲噴到了地面。二十來分鐘？真是服了她，要是換成自己，超過兩分鐘開不了機，那台電腦八成會立馬被自己人道毀滅了，也虧她能忍受這麼長時間，簡直就是滅絕師太啊。

劉嘯也石化在電腦前，還是大飛回過神來，踹了他一腳，他才反應過來，慌忙開始行動，將自己能判斷出來的木馬先都處理掉。由於電腦反應極其緩慢，平時兩分鐘就能處理完的事，劉嘯竟然花了半個多小時。

大飛實在無法忍受，領著那幫技術員出去，看看還有沒有其他的ＡＲＰ攻擊源頭。等大飛把那些都搞定，劉嘯這邊也差不多弄完了，他已經找到那個ＡＲＰ攻擊病毒，將之清除掉，然後又在滅絕師太的電腦中檢測出其他病毒木馬，也一併清除了。

「得了！」劉嘯站起來身來敲著自己的後腰，對滅絕師太道：「你試試吧，看電腦是不是不慢了。」

滅絕師太一試之下，果然速度飛快，滅絕師太興奮不已，在自己的電腦上點來點去，「原來這電腦不是假的啊！」

大飛和劉嘯便對那幾個技術員說道：「ARP攻擊的源頭都被清除掉了，如果沒有什麼意外的話，你們公司的網路已經恢復正常了，但是我們有幾點建議：全公司都要安裝殺毒軟體，我們在攻擊源頭的電腦上發現了大量的木馬程式，這些木馬可能感染了其他人的電腦，而且，ARP病毒也可能是有人通過木馬扔進來的。」

大飛說完一頓，「還有，你們公司的IP必須有個統一的規定，做好VLAN的劃分，這樣就算一個子網內爆發了ARP攻擊，也不至於讓整個公司的網路全部癱瘓。」

「是是是！」幾個人連連點頭。

「另外就是做好安全工作，你們的防火牆太差了，駭客隨便伸伸腿，就跟躺自家院子一樣，怎麼不用我們軟盟的啊？」大飛倒直接，立刻就推銷起軟盟的產品。

「這……」那幾人囁囁嚅嚅，不知道該怎麼回答。

此時，方總得知問題已經解決，就陪著店小三走了進來，正好聽見大飛的話，不由大怒：

「你們網路部是怎麼辦事的，不是早就告訴你們，東西一定要用最好的嗎？」說完，又回頭對店小三道：「你放心，我們就用軟盟的產品。我今天算是服了，這幫廢物弄了幾天都沒弄明白，你們只幾分鐘就解決了！你們的產品我放心！」

「方總過獎了！」店小三笑著，「既然你這麼說，那我是不是就打電話讓公司派人送貨過來？」

「好好好！」方總連連點頭。

「既然購買了我們軟盟的產品，那我們自然是負責到底，一會兒貨送過來，我們的人會負責調試安裝，還有你們公司現在這個ＩＰ混亂的毛病，我們也一併給你解決了。如果今後因為我們的產品發生了駭客入侵事件，我們的人會免費上門負責解決。」

「太好了，太好了！」方總一把拽著店小三的手，「這下我就可以徹底安心了。」

「對了，你們公司的電腦也需要安裝殺毒軟體，雖然我們軟盟不做殺毒軟體，但我們對市面上的這些產品都有研究，要不要我幫你們推薦一款比較好的？」店小三又問道。

「那就更好了，你們是行家，我聽你的！」方總幾日來的憂愁一朝得以解決，自然是對軟盟深信不疑了。

「那我就打電話，叫殺毒軟體公司也順便派人送幾百套過來。唔，他們來還有個好處，就是會先免費給你們的電腦查殺一次毒！」店小三說完，就掏出手機打電話。

方總等店小三打完電話，才道：「那個……，不是說別的電腦也可能中了木馬嗎？你看我說的那事……」

店小三「哦」了一聲，笑道：「放心，一會兒東西送到之後，咱們負責安裝的人員就去測試安裝，對你們存有機密檔案的電腦做一個全面的檢測，你看這樣行不行？」

「行，全聽你的安排！」發生這麼大的事故，方總總是有點不放心啊，萬一有駭客盜走了公司的機密，那損失可就大了，所以這事一定要搞清楚，不然自己連個亡羊補牢的機會都沒有。

# 第五章　頭把交椅

「回封明，我第一件事就是組織人馬，爭取在最短時間內把這個合作項目全部弄妥當。」張春生説到這裏，放聲大笑，「等這個項目一開工，那我老張可就是封明市當之無愧的頭把交椅了，廖氏今後也就只配給我提提鞋子！」

貨送來後，劉嘯跟著大飛去安裝軟盟的防火牆。沒多久，劉嘯接到了張小花的電話，問他何時回家。兩人從公司出來的時候，就已經快下班了，這麼一番折騰，早就過了下班的時間，天色已經暗了下來。

「怎麼？女朋友打來的？」大飛依舊是那副淫蕩的笑容。

劉嘯笑笑，沒回答。

「得，你去給三哥打個招呼閃吧，也沒什麼活了，我一個人能弄！」大飛笑著。

「那就麻煩你了！」劉嘯感激地笑了笑，對電話裏的張小花道：「你等一下，我去跟上司打個招呼，能閃的話我就閃了，閃不了的話，我再打電話給你。」

劉嘯說完，起身去找店小三，問了幾個技術員，才有人說看見店小三跟著方總去了三樓。

劉嘯上三樓去找，在一間亮著燈的房間外，透過門上的玻璃，看見店小三正在一台電腦前忙著，方總就站在他的背後。

劉嘯正要敲門，卻看見店小三一拍鍵盤，從電腦前站起來，笑著對方總說著什麼，方總顏色大悅，從兜裏掏出一個紅色的紙袋，塞給了店小三。

「不會吧，難道是紅包？」劉嘯有些意外。軟盟有規定，技術員出勤的話，會有額外的出差費，但必須在公司收取了服務對象的服務費之後，再給予發放，而且軟盟有規定，嚴禁技術員在外收取任何服務費用。不過，看店小三似乎絲毫沒有推辭的意思，順勢就接過了那個紅色紙袋。

劉嘯敲門，他想看看店小三會是什麼反應。誰知店小三避也不避，紙袋就拿在手上，看見劉嘯進來，就道：「防火牆裝得如何了？」

「快弄完了！」劉嘯盯著店小三手裏的紙袋，難道自己猜錯了，這不是紅包？

劉嘯繼續說道：「差不多裝完了，我有點私事，我想……」

「事情很要緊？」店小三問。

「也不要緊！」劉嘯回答。

「如果不要緊的話，那就先不要忙著走嘛，一會兒我還有事跟你和大飛說！」店小三回頭看了看自己剛才擺弄的那台電腦，笑道：「你去催一下殺毒軟體的技術員，讓他們速度快點，如果可能的話，讓他們先把這些保存機密檔案的電腦裝上防護軟體。」

「這樣最好！這樣最好！」方總在旁連忙點頭，「這次真是萬幸，雖然說是耽誤了一天的正常生產，但公司的機密資料並沒有遭受損失。這次事情給了我們一個教訓，看來今後在網路安全方面，我們還得繼續加強。」

劉嘯一聽，覺得有些詫異，才這麼一會兒工夫，也沒看見店小三使用什麼特殊的工具，那他是怎麼得出對方公司的機密資料並沒有失竊的結論呢？找到木馬容易，但要知道機密資料是不是被人非法使用過，那是個非常複雜而且繁瑣的過程，一一盤查下來，至少得好幾天的工夫，店小三竟然在這麼短的時間就下了結論，是不是有些草率了。

不過，也有一種情況，可以讓店小三做出這種結論，那就是這些存有公司機密資料的電腦上，沒有非法登陸的日誌記錄，也沒有發現被木馬感染的痕跡，這樣的話，可以做出一個大概的判斷，但也不是確論。

「你去吧！」店小三看劉嘯還站著不動，就衝他擺了擺手。

方總又道：「你也辛苦了，這樣吧，你先到我辦公室休息一會兒，喝口水吧。」說完，拉著店小三就出去了。

劉嘯無奈，只得給張小花打電話，告訴她，自己今天可能無法趕回來了，讓張小花不要等他，早點回賓館去。掛了電話，劉嘯下樓找到殺毒軟體公司的人，讓他們先從重要的電腦開始安裝。

殺軟公司的人沒辦法，只好先去安裝重要的電腦，反正大飛那邊也安裝得差不多了，再加上劉嘯心裏有事，便跟在殺軟公司的人員後面去看他們安裝殺毒軟體。

安裝之前，殺毒公司的人先用隨身攜帶的硬碟對這些電腦進行病毒的檢測和清除，插上沒多久，就見彈出提示：發現病毒一個、木馬兩個。殺軟的人對這情況司空見慣了，順手就準備點「清除」的按鈕。

「等一等！」劉嘯出聲阻止了他的動作，「我看看是什麼病毒和木馬！」

「這有什麼好看的，不都一樣嘛！」殺軟的人有些不耐煩，要裝幾百台電腦，要是每次都這樣搞來搞去，自己還不知道什麼時候才能弄完呢。

劉嘯過去打開殺軟的記錄，一看病毒提示，他便知道了是什麼病毒，隨即擺了擺手，「好，清除掉吧！」說完，劉嘯就皺眉走開了。

殺軟的人納悶地看了一眼劉嘯，開始動手安裝殺毒軟體。

劉嘯此時徹底無語，剛才殺軟檢測出來的木馬病毒，並沒有什麼高深之處，按照店小三的水準，他既然是專門負責去給人家檢測是否有機密洩露的事，只要稍微細心一點，不可能發現不了這幾個病毒木馬；既然能發現，他為什麼那麼肯定就告訴方總說沒有機密洩露的事發生呢？

劉嘯確實想不通，是店小三的技術已經高超到神的地步了，還是他在這方面有了很豐富的經驗，所以能迅速做出判斷？但如果這兩者都不是的話，那劉嘯就不得不懷疑店小三的動機了，要麼他根本就是在敷衍那個方總，反正方總是外行，也看不懂，要麼就是他有別的企圖。

回到安裝防火牆那裏，大飛已經安裝完成，和店小三兩人正站在那裏抽菸。看見劉嘯回來，大飛笑道：「你小子還沒走啊，我以為你回家了呢！」

劉嘯搖頭苦笑，沒說話。

店小三斜眼一看劉嘯，問道：「殺軟的人都安排好了？」

「按照你的要求，他們現在正在給機要的電腦安裝殺軟呢！」劉嘯答道。

「那行！」店小三把菸掐滅，「我們的事就算完了，走，吃飯，我請客！」

大飛頓時樂開了，「去哪兒吃呢？」

「錦繡年華！」店小三笑呵呵地扭頭，「我先走一步，去訂位子，你們再上去巡一下，如果沒什麼事的話，就隨後跟上，到了給我打電話。」

「三哥你就放心吧！」大飛笑著拍著劉嘯的肩膀，轉身朝樓上走去，一邊笑道：「今晚爽了，又能白吃一頓好的。」

大飛上樓找到那幾個技術員問了一下情況，又叮囑了他們一些安全要領，之後就拖著劉嘯奔錦繡年華去了。

大飛本來就是朝著這頓白食來的，忙到這麼晚，劉嘯也餓得有些頂不住了，當下讓服務員立即上菜，兩人謝了一聲店小三就開吃了。

等大家都吃得差不多了，便喚了服務員買單。

服務員拿了帳單，道：「謝謝，你們總共消費了一萬六千八百塊錢，請問是現金還是刷卡？」

「現金！」店小三拿起皮包，拽出了那個紅色紙袋，拿出一疊遞了過去，「一萬七，兩百小費算你的！」

服務員連聲道謝，躬身退了出去。

「三哥就是三哥，沒得說！」大飛在一旁說道。

店小三又看了看紙袋裏剩的錢，數了數，笑道：「還剩三千，你倆拿去分了吧，這是你們今天的辛苦費！」店小三說完，就把紙袋扔到大飛跟前，提起自己的皮包，「時間不早了，我就先回去了！」

大飛起身擺手，笑道：「三哥您慢走，以後有這種好事，記得照顧我大飛啊！」

等店小三一出門，大飛拽出錢，數了一千，剩下連袋子一起扔給劉嘯，「你第一次出差，讓你多占點便宜！」

「你剛才說的好事，就是出差？」劉嘯皺眉問道。

大飛點點頭，臉上樂開了花，說：「尤其是跟著包間裏的老爺們，每次出勤都是這個待遇，活兒輕鬆，還能白吃白喝，完了還有小費。」

劉嘯此時突然覺得有點噁心，吃下去的東西在喉嚨裏跳來跳去，想要噴湧而出，他是那種無功不受祿的人，如果店小三真的是細心地給人家檢查，那方總作為答謝，給店小三兩萬塊的辛苦費，劉嘯覺得無可厚非；但店小三只是敷衍了事，然後扔下一句毫不負責的話，這讓劉嘯無法接受，這不是他辦事的風格。

「你小子真是好運，剛來就碰上這種好事！」大飛頓了頓，「唔，看來你和藍總監的關係真不錯，明天你再讓他給咱們安排一個這樣的活。」

劉嘯有些心煩，站起來朝門口走去，「我先回去了。」

「喂，錢，錢裝上啊！」大飛拿著紙袋子喊道。

劉嘯頭也沒回，擺了擺手，「我不要，你全收了吧！」

大飛納悶地撓了撓頭，然後看著錢笑道：「嘿嘿，有個性！」說完，大飛把錢統統塞進自己口袋裏，然後追出去，朝著劉嘯背影喊：「等等，我送你！」

大飛本來還想叫劉嘯去跟藍勝華說說，讓公司多給他們派一些出勤的活，誰知接下來的幾天，劉嘯並沒有去找藍勝華，軟盟也是天天都派大飛和劉嘯出公差。

雖然每次領他們出去的負責人都不一樣，但活卻都差不多，全是因為安全意識不夠造成的網路故障。

這下大飛可爽壞了，天底下還有這麼好的工作嗎？每天像兜風一樣出去溜達一圈，然後必定是好吃好喝一頓，之後剩下的那些辛苦費，劉嘯又不要，統統進了大飛的口袋。

「劉嘯，你說今天還讓咱們出公差不？」大飛坐在電腦前打著遊戲，「天天吃好的，我都上火了！」

劉嘯大汗，他自己也有點上火呢，「那你到底是想出公差還是不想？」

「出，為什麼不出？」大飛眼睛一瞪，「光這幾天的額外小費，就趕上我兩個月的工資了，這麼好的事，我就是再上點火，那也得去。」

劉嘯搖頭，「那你去吧，我今天有事，去不成了！」

「啥事？」大飛回頭看劉嘯的表情，問道：「和女朋友吵架了？」

「沒有！」劉嘯又搖頭，「反正我今天肯定是不能去了，下班我就得回家去！」

「你小子也真是個怪人，給你錢也不拿！」大飛斜瞥著劉嘯，「不過話說回來，我也不想拿，但一看見錢就不行了，經不住誘惑吶。」

大飛繼續打了一會兒遊戲，突然像是想起了什麼事，把椅子滑到劉嘯跟前，道：「你說，這幾天老給咱們安排這肥差，是不是衝著你啊？」

「我？」劉嘯一時沒明白大飛的意思。

「靠，你這土包子，反應可真夠慢的！」看大飛那表情，恨不得上去敲劉嘯的腦袋，「他們天天好車載著，好菜好酒給你吃，完了還發小錢，因為啥呢？宴無好宴吶，你小子以為自己是國家元首的兒子還是世界銀行的行長呢？」

劉嘯一下明白了過來，「你是說，他們這是故意在做給我看，為什麼？」

「估計是想拉你進那個小辦公區！」大飛皺眉道：「看來這次他們下的血本還不小，奶奶的，我怎麼就看不出你小子有什麼特別之處呢！」

劉嘯大汗，大飛說話還真不給人留點面子，劉嘯沒說話，搖搖頭，繼續忙自己的去了。

其實他明白大飛的意思，這幾天，他自己也覺察到有些不對勁了，軟盟這哪裡是在給自己派活，簡直就是帶自己去享受，去開眼界，如果這樣也算是工作的話，那天底下所有的老闆都得破產了。但軟盟這些人之所以還要這麼做，肯定是有原因的。

劉嘯思來想去，最後得出一個結論，他們這是在故意炫耀，想讓自己羨慕這些人的奢華生活，然後就是大飛說的那樣，他們要拉攏自己入夥。

劉嘯拿起桌上的一份軟盟員工通訊錄，又開始看了起來。

大飛一旁直皺眉，「你小子能不能幹點別的，這通訊錄你都看了兩天了，總共也就三百來號人，你還沒看完啊！」

劉嘯笑笑，「沒活幹，無聊唄！」

「來來來，打遊戲！」大飛得意地笑著，「我現在在伺服器也是排得上號的人物了，我罩你！」

劉嘯大汗，別說自己不玩遊戲，就是要玩，也得找個小武表弟那樣的天才跟著混，這樣才有前途，「得，你還是自己玩吧，你也別說我，你那破遊戲不是玩了多久了，總共才七十多個主線任務，你完成了幾個？」

大飛啞然，自己打遊戲去了，不再理劉嘯。

劉嘯又把公司的通訊錄看了一遍，上面包括了公司所有的人，上至老大，下至前臺美眉，可劉嘯翻了好幾遍，也沒有找到任何類似wufeifan的名字，這讓劉嘯很納悶，wufeifan這幾個字母很像一個人名的拼音，自己也一直以為這是個人名，但怎麼會在軟盟的花名冊裏找不到呢。

「難道這不是人名？」劉嘯皺著眉，那能是什麼呢？難不成是外號，或者是藝名？

劉嘯這正揣測呢，電話響了起來，是張小花打來的。

「你今天回來嗎？我都好幾天沒看見你了，你到底忙啥呢？」

劉嘯一咬牙，「我現在就回去！」

張小花的語氣似乎有點發飆的意思，但沒想到劉嘯會這麼痛快地答應，一時竟把自己事先想好的詞給忘了。

「我現在就去請假，你在家等著啊！」劉嘯說完，就準備起身去請假，他實在不想跟著這幫人再出去腐敗了，太沒勁了。其實就是張小花不打這個電話過來，劉嘯也已經拿定主意，今天不出公差，下班就回家。

「你不要回家裏，直接來賓館吧！」張小花頓了頓，「我老爸也在呢，好像熊老闆一會兒也來！」

「有事？」劉嘯有些詫異。

「你來了再說吧！」張小花嘟囔道，似乎不高興。

「那好，我很快就到！」劉嘯掛了電話，跟大飛打了個招呼，然後直奔那個小辦公區而去。

敲門進去，屋子裏的人都在，藍勝華看是劉嘯，就問道：「劉嘯，有事啊？」

「我想請個假，有點事！」劉嘯說道。

「家裏有事？」藍勝華一臉關切。

「小花剛才打電話，說有點急事，要我回去處理一下！」劉嘯也不隱瞞，實話實說。

藍勝華當即笑了起來，「原來是張氏的千金大小姐找你，那肯定是大事了，得，你回去吧！」藍勝華促狹地看著劉嘯，「本來還安排你和大飛今天再出一次工，看來得大飛一個人去了。」

「實在是對不起！」劉嘯覺得有些不好意思。

「沒事，趕緊去吧，晚了小心張大小姐生氣啊！」藍勝華說完，呵呵笑著。

劉嘯出了軟盟，直奔張小花下榻的酒店而去。

到了之後，就見張小花一臉的不高興，劉嘯有些納悶，「怎麼了？是不是出什麼事了？」

「我老爸的生意談成了，今天要回封明了！」張小花嘟囔道。

劉嘯心裏頓時「咯登」一下，「這麼快就要回去了？這……」

劉嘯一時竟不知道要說什麼，心裏湧上一絲的後悔，還有愧疚，自己光顧著調查wufeifen的事了，竟然把張小花還要回去封明的事給忘記了，甚至是還把張小花當作自己的副手使喚，去調查追蹤那個神氣豬。

現在張小花要回去了，劉嘯突然覺得自己這幾天有點過分，就算是一個普通的朋友來投奔自己，自己也肯定會照顧到的，為什麼換了自己心裏最在乎的張小花，反而給忽視了呢。

張小花使勁地撓著頭，「煩死了，煩死了，我不想回去，回去又要被他管得嚴嚴實實！」

「對不起！」劉嘯終於說出了自己心裏的歉意。

「什麼對不起？」張小花回頭看著劉嘯，一臉納悶。

「這幾天我就知道忙自己的事，都沒有好好地陪你在海城玩一玩！」劉嘯嘆了口氣，「我沒想到，你這麼快就要回去。」

「去！誰要你陪！」張小花嘴上雖然這麼說，臉上卻不是那麼回事，一臉笑意，「我覺得挺好啊，天天吃你的，花你的，真是太爽了，這輩子我還是頭一次給老爸省錢呢。唯一的遺憾，就是沒抓住那神氣豬，那豬這幾天光是叫喚，就是不來攻擊，花了你那麼多錢，沒幫你辦成事，真是不好意思。」

「切！」劉嘯擺了擺手，張小花這麼說，讓他心裏更是愧疚，「沒事，那豬又不是非抓不可的。」

「那我心裏還能好受點！」張小花嘿嘿地笑著，一把拉住劉嘯，「你快給我想個法子，看怎麼才能不讓我回封明去！」

「你真的不想回封明去了？」劉嘯問。

「其實也不是……」張小花皺著眉，「就是怕回去之後，我老爸還跟以前那樣，逼著我做這個做那個，一點自由都沒有。」

「那你放心，我保證你老爹不會了，不然他這幾天根本不會讓你去我家的！」劉嘯拍拍張小花的肩頭，「回去後，好好把最後一年的學業讀完，不然太可惜了。你老爹可是在你身上寄託了很大的希望，他也不希望你跟廖成凱那樣喝一肚子洋墨水，但至少你得把大學念完，這樣他日後跟廖氏的那個老王八蛋在一起吹牛，也有點底氣。」劉嘯呵呵地笑著。

「你是不是巴不得我趕緊回封明？」張小花回頭斜瞥著劉嘯，「完了你好跟那個女員警廝混？」

「廝混？」劉嘯大汗，然後趕緊發誓，「絕對沒有！我巴不得你不要回去，但是不可能啊！」

「誰信吶！」張小花撇著嘴，扭過頭不看劉嘯，「你絕對跟那個女警官有一腿！」

「天地良心！」劉嘯嘆了口氣，「我要是那種人的話，哪還輪得到劉晨，這幾天你這個天下第一大美女在我家裏晃來晃去，多好的機會啊，我早就把你……」

「把我怎麼樣？」張小花瞪著劉嘯，「你說啊！」

劉嘯把後半截話給咽了回去，喃喃道：「沒什麼！」

張小花一臉得意，「就是再借你一個膽，我看你也不敢把我怎麼樣！有色心沒色膽，只會在嘴上逞能，其實……」張小花說到這裏，又連連搖頭，「不對不對，我都懷疑你這木頭人，到底有沒有色心？」

「我……」這簡直就是「奇恥大辱」啊，劉嘯大喊一聲，「是可忍孰不可忍，我現在就讓你這小丫頭看看，我到底有沒有色膽！」

誰知話音剛落，就傳來「砰砰」的敲門聲。劉嘯很尷尬地站在了那裏，張小花朝他揮了揮拳頭，然後過去開門，張春生站在外面。

「姍姍，熊老闆快來了，你和我下樓去接一下。」張春生笑著走了進來，卻發現劉嘯也在屋內，他愣了一下，便說：「劉嘯你也在，那就隨我們一起下去吧。」

「好！」劉嘯擦擦頭上的汗，跟在兩人背後。

張小花一邊走，一邊不時回頭，朝劉嘯吐舌頭做鬼臉，劉嘯無奈，他當然知道這丫頭是在嘲笑自己，只能扭過頭，裝作是沒看見。

三人到樓下，熊老闆的車子就駛了過來，熊老闆從車裏鑽出來，「張老哥，你怎麼這麼客氣，我自己上去就得了，你怎麼還跑下來了，太見外了不是！」

張春生笑道：「應該的，這是個禮數！那咱們上去吧！」

熊老闆看劉嘯也在，便笑道：「你小子也在啊，我說這幾天都看不見你人影，原來躲這裏來了。」

劉嘯大汗。

張春生早讓酒店安排好了，幾人剛進包間，酒店就把飯菜全端了上來，這次換張春生主動了，他首先舉起酒杯：

「這幾天在海城承蒙熊老弟多方關照，我老張不勝感激，還有，就是咱們兩家達成了合作協議，張氏企業受惠頗多，所以今天這第一杯酒，我敬熊老闆！」

熊老闆舉起杯子，笑道：「張老哥你真是太客氣了，本來你要回封明了，應該是我這個東道主設宴為你送行才對，沒想到讓老哥你搶先一步，是我失了禮數，哪裡敢讓你敬酒，這杯算我自罰。」熊老闆說完，先乾了。

眾人放下酒杯，張春生才道：「以前我只是聽人說熊老弟的生意做得大，但具體有多大，我也不清楚，這幾天在海城這麼一轉，算是開了眼界，你那才叫是做生意呢。我以前在封明真是有些夜郎自大、井底之蛙了，整日就知道和那個廖氏鬥來鬥去，現在一想，我真是覺得自己好笑，我那不是太抬舉他廖氏了麼，丟份吶！」

「見笑，見笑！」熊老闆擺手，「我也不過是得了父輩們的蔭護，才有今日的成就，其實說句心裏話，像老哥你這樣白手起家的人，我真是佩服得緊吶。」

張春生喝了一口，「回封明，我第一件事就是組織人馬，爭取在最短時間內，把咱們這個合作項目的準備事宜全部弄妥當。」張春生說到這裏，放聲大笑，「等這個項目一開工，那我老張可就是封明市當之無愧的頭把交椅了，廖氏今後也就只配給我提提鞋子！」

「張老哥要回封明，那你這千金呢？」熊老闆突然問道。

「她也回去！」張春生滿臉笑意地看著自己女兒，「她還有一年就能修完大學課程，可不能半途而廢，等她畢業了，我也就不管她了，隨便她怎麼去。」

「怎麼？老哥你想通了？」熊老闆笑呵呵地看著張春生。

「想通了！」張春生嘆了口氣，「孩子們大了，是得有自己的想法，沒想法才可怕呢。再說，我那想法也都落伍了不是？」

張小花頓時高興了起來，舉起杯子，「為了我老爸這個超級英明的想法，我提議大家喝一杯！」

眾人大笑，舉起杯子喝了。

放下杯子，張小花又得寸進尺道：「老爸，乾脆你好事做到底，現在就不要管我了吧！」

「想都別想！」張春生豎起了眉毛，「該管的，我絕對會管！」

「唉，真沒勁！」張小花嘆氣，「我還以為從此就能翻身自由呢，看來革命尚未成功，小花仍需努力啊！」

眾人被張小花的這話又給逗得大笑，一頓飯就在這其樂融融的氛圍裏進行著。

飯局結束，張春生就向熊老闆辭行，「熊老弟，那咱們就此作別，你要是得了空，請務必要到封明來轉轉，隨時歡迎你來啊！」

「一定叨擾，一定叨擾！」熊老闆客氣著，「那我也就告辭了，公司裏還有一點小事需要處理，張老哥安全抵達封明後，務必給我個消息。」

「一定的，一定的！」張春生笑著，「我送你下去吧！」

「不用不用，你忙吧，讓劉嘯送我就行了。」熊老闆說完，看了看劉嘯。

劉嘯便趕緊道，「對，你們就不用來回折騰了，我送就可以了！」

「那……好吧！」張春生也不好再堅持，把兩人送到了包間門口，眾人作別。

「小花，你等我一下，我送完熊哥就上來，我還有點事要跟你說！」劉嘯匆匆交代了一句，跟著熊老闆就下了樓。

到了樓下，劉嘯就問道：「熊哥，什麼事？」

「也不是什麼大事！」熊老闆頓了頓，「還是海城的事，我聽說那事有了新的進展，不過我在技術方沒人，也不知道具體是什麼事，所以給你打個招呼，不管好事壞事，讓你有個心理準備！」

「又讓熊哥掛心了！」劉嘯呵呵笑著，「不過我猜不是壞事，不然現在市府那邊早有動作了。」

「也對！」熊老闆點了點頭，「不過咱們還是應該小心一點，小心無大錯嘛。」

「熊哥你生意那麼忙，這事以後你就不用操心了，我有朋友在網監，我回頭去個電話打聽一下，這事我自己能搞定的！」劉嘯笑說。

「那就好，那就好！」熊老闆這才放了心。

「還有其他事嗎？」劉嘯問道。

「沒了！」熊老闆說完，似乎是準備走了，誰知剛走兩步，又轉過身來，「不對，還有一件事！」

「你說！」劉嘯被熊老闆這樣子給搞得有些迷糊。

熊老闆斜眼往樓上一瞥，然後笑著問道：「那個，你搞定沒？」

「什麼？」劉嘯一時沒弄明白熊老闆的意思，「什麼搞定沒？」

「你傻子呀，還能有什麼？」熊老闆恨不得踹劉嘯兩腳，「就張春生那閨女啊！」

劉嘯大汗，不知道該怎麼說，支吾半天，道：「這個……」

「那就是說，你現在還沒有搞定？」熊老闆一臉意外地看著劉嘯，「那你這幾天都忙些什麼啊？」

「這幾天我一直在忙別的事，沒怎麼跟她在一塊！」劉嘯被熊老闆那眼神看得有些頂不住。

「你呀你，你要我怎麼說你才好！」熊老闆氣得拿手連指了劉嘯幾次，「我天天纏著張春生，給你創造機會，你倒好，忙別的事去了。你腦子裏到底是怎麼想的，這都什麼時候了，還有比這更重要的事嗎？再說了，張春生這幾天根本都不過問這事，就是默許了你可以和他女兒交往，你是真傻啊還是在裝傻？」熊老闆氣得連續踱了幾個圈。

「這事又不著急！」劉嘯笑著，「慢慢來吧！」

「你小子啥都好，就是太嫩了，太書生氣，太理想化！」熊老闆嘆了口氣，「我當年也跟你一樣，看上你嫂子了，總是覺得不著急不著急，最後讓你嫂子把我搞定了，結果她到現在都還拿這事取笑我，搞得我很難抬頭。我可是過來人，希望你別犯我的錯誤，如果真喜歡她，那就別拖拖拉拉的！」

劉嘯狂汗，真不知道熊老闆今天這是怎麼了，自己的事，他倒比自己還要著急，只好笑道：「放心吧，我心裏有數！」

「那你就慢慢搞定吧！」熊老闆搖頭不已，轉身出門上車離開了。

劉嘯無奈地聳肩，看著熊老闆的車子消失，想到熊老闆說的事，於是掏出電話，給黃星撥了個電話，估計海城這邊的最新進展，劉晨在封明應該不會知道，還是問黃星比較有把穩。

黃星接到劉嘯電話，一時沒反應過來，待劉嘯表明了身分，他才笑道：「是你啊，怎麼有空給我打電話？」

「我有個朋友，剛才來找我，說海城的事有了新的進展，我來找你打聽一下！」劉嘯直接說明了來意。

「哦，這事啊！」黃星頓了頓，「確實是有了新的進展，不過，你不是已經和這事撇清關係了嗎，怎麼還會關心這個呢？」

劉嘯嘿嘿笑了兩聲，「還不是被搞怕了嗎，誰知道什麼時候就又把我給牽扯進去了呢。」

「放心，你絕對沒事了！」黃星笑著，「事情的新進展完全跟你沒有關係，你該幹啥就幹啥去，我給你保證，這事今後再也不會牽扯到你了，放心吧。」

「哦？」黃星把話說的這麼肯定，劉嘯反而有些詫異，問道：「為什麼這麼說？是不是跟這新進展有關係？」

「不錯！」黃星笑著，「還真讓你小子給說著了！具體細節屬保密範圍，我不方便透露，但我可以告訴你一點點消息。」

「多謝多謝，你說！」劉嘯連聲道謝。

「我們查了一下，那個自稱對海城事件負責的Timothy，還真是確有其人吶，這人半年前脫離了自己所在的RE & KING公司，自立門戶，一個月後便宣告倒閉。不過，昨天我們卻從海關得到消息，Timothy於兩個月前，用一個假護照潛入了國內，目前不知道此人身在何處，也不知道他來國內的目的何在。」

「啊！」劉嘯立時臉色大變，嘴巴大張，似乎是難以相信這個事實。

黃星在電話的那頭，自然無法看到劉嘯的表情，笑道：「這下你該放心了吧，海城的事，百分之百是Timothy幹的。」

「那我就放心了！」劉嘯回過神來，魂不守舍地應了一句，等掛了電話，整個人傻在了酒店的門口。

# 第六章　無形之眼

他使勁在自己臉上抽了一巴掌，感覺到一陣火辣辣疼，這不是在做夢，可怎麼會巧到如此地步呢，就是萬能的上帝來設計也不過如此吧。難道這個世界上還真的有一雙無形之眼，在注視著每個人的一舉一動？

聽了黃星的內部消息，劉嘯非但沒有放心，反而更加不放心了，因為只有他自己清楚Timothy攻擊海城網路的真相，那根本就不是Timothy攻擊的，而是劉嘯自己設定的自動化攻擊程式在進行攻擊。

海城事件後，劉嘯就為自己想好了後路，他先把駭客工具分散到網路上做了備份，再就是清除了電腦上一切與之有關的記錄日誌，最後他還是有些不放心，為了以防萬一，劉嘯編寫了一種自動化攻擊程式，將這種程式分散移植到全世界三十多個國家的一百多台伺服器上。

這種程式每隔一段時間就會從劉嘯事先預設的一個信箱裏讀取指令，當接到攻擊指令後，程式便會對海城的市府網路發動隨機性的攻擊，攻擊完成之後，程式還會發出信號，告訴海城，發動攻擊的是Timothy。只要程式不被劉嘯自己卸載掉，當超過一個星期無法從信箱裏讀取到新的指令，程式也會自動發動攻擊。

劉嘯當時之所以要這麼做，就是怕出了什麼意外後，自己可以有備無患。後來事情的發展果然印證了他的顧慮，所以在封明被海城警察控制之前，他就給自動化攻擊程式下達了攻擊的指令。

因為攻擊是隨機性的，就是劉嘯自己也無法知道程式會什麼時候發動攻擊，這是為了更好地增加迷惑性，讓海城的網監以為他們面對的是一個真正的駭客，這才有了後來那兩次毫無規律的攻擊。

所以就算沒有劉晨、黃星他們，劉嘯也能把自己從警察局裏撈出來，他敢肯定，只要這樣的攻擊持續個三五次，海城方面也必定會把自己無罪釋放，轉而去調查Timothy。

只是劉嘯沒有想到，這個世上還真有Timothy這個人，他當時不過是隨意指定了這麼一個名字，因為資料上說，英國有很多人都叫這個名字，他想讓這件事永遠都查找不到真凶，誰知這麼巧，不但有Timothy這個人，就連自己捏造出來的攻擊動機，居然也被證實了，Timothy還真的是從RE & KING裏面出來的。還有Timothy來到國內的時間，是在兩個月前，又剛好印證了Timothy有充分的作案時間。

劉嘯此時有一種千算萬算反被天算的感覺，他使勁在自己臉上抽了一巴掌，感覺到一陣火辣辣疼，這不是在做夢，可怎麼會巧到如此地步呢，就是萬能的上帝來設計也不過如此吧。難道這個世界上還真的有一雙無形之眼，在注視著每個人的一舉一動？

「下一步該怎麼辦呢？」劉嘯一時竟沒有了主意，這個半路跳出來的李逵，倒殺了自己這個李鬼一個措手不及，自己現在都不知道是該盼黃星他們抓到Timothy，還是盼他們永遠都抓不到Timothy。

上了樓，張小花看見劉嘯一副心事重重的樣子，不禁問道：「怎麼了？熊老闆跟你說什麼了，是不是出什麼事了？」

「哦，沒事！」劉嘯把自己心裏的事收了起來，笑道：「熊老闆沒說什麼！」

「不對！」張小花看著劉嘯的眼神，「絕對有事，你騙不了我的！」

劉嘯嘆了口氣，「熊老闆用自己血淋淋的親身經歷，來告誡我一定不能犯他那樣的錯誤！」

「什麼錯誤？」張小花有點好奇，不知道熊老闆到底是什麼親身經歷啊，怎麼還血淋淋的。

劉嘯一臉壞笑：「來，把耳朵湊過來！」

張小花還真把耳朵湊了過去，劉嘯嘰嘰咕咕的說完，張小花一臉的納悶，反問道：「熊老闆的老婆取笑熊老闆，關你什麼事呢，怎麼叫你別犯他的錯誤？」

片刻之後，張小花反應了過來，「我殺了你！」跳起來就朝劉嘯使出了九陰白骨爪。

劉嘯早有防範，一把抓住了張小花的手，「熊老闆說的，關我什麼事，你應該去找熊老闆理論吧！呵呵。」

「我才不管，就要抽你！」張小花使勁，想掙脫，卻沒能掙脫，用腳去踹劉嘯，也被躲開了。

「好了，別鬧了，不過是開個玩笑罷了！」劉嘯笑著，慢慢鬆開了張小花的手，「你老爸什麼時候走？」

「估計一會兒就走！」張小花嘟著嘴，「剛才吃完飯，他就讓人開始收拾東西了，那幾個司機都已經去準備車子去了！」

「這麼快？」劉嘯有點意外，沉吟了片刻，道：「你能不能晚一天回去，坐明天早上的飛機，這樣差不多和你老爸同時到封明！」

「你要幹什麼？」張小花俏眼立刻瞪了起來，剛才劉嘯講的那個玩笑，讓她頗為警惕。

「別那麼緊張好不好？」劉嘯大汗，道：「我是覺得你這次來海城，我光顧著忙自己的事，都沒好好陪你，心裏有點過意不去，我想你多留一天，這樣我可以陪你在海城好好轉轉，明天一早，我就送你去機場。」

張小花懷疑地看著劉嘯，「我怎麼看，都覺得你沒安好心！」

「去！」劉嘯在張小花腦袋上拍了一下，「我怎麼就沒安好心了？」

張小花「嘿嘿」一笑，「你不會是聽了熊老闆的話，然後就想著要彌補自己這幾天犯下的錯誤吧？沒門！我待會兒就跟我老爸回封明去，你沒機會！」

「我要是真想動歪腦筋，我還會告訴你？」劉嘯一臉不屑，戳著張小花的腦袋，「動動腦子，ㄚ頭！」

「那倒也對！」張小花沉思半晌，嘆氣道：「不過，我現在已經落我老爸的手裏了，是留是走已經由不得我了。」

劉嘯一咬牙，「走，我去找張叔說說去。」

到了張春生房間，張春生正在給手下交代回去的行程，一聽劉嘯來意，便皺起了眉頭，道：

「海城她又不是第一次來，何況，也不是回去之後就不能再來了，這次姍姍跑出來的時間太久了，有很多人擔心，學校那邊也得去安排一下，我想讓她跟著我回去，否則我有點不放心。」

張春生確實有顧慮，他怕自己這一走，張小花玩瘋了，就不知道什麼時候才肯回來了，再說，要逛海城，早幹嘛去了？

「真沒勁！」張小花嘟囔道，「坐車回家好悶，太慢了！」

張春生一聽，便道：「那就坐飛機，我現在就讓酒店訂機票，我們先走，車子讓他們隨後開回來就是了！」

劉嘯一聽此話，便知道張春生是鐵了心要帶張小花一起回去，看來是沒得商量了。

一旁的張小花不死心，還要說什麼，被劉嘯給按住了，道：「趕緊去把你東西收拾一下吧！」又對張春生道：「張叔，那我們一會兒在樓下等你，我送送你！」

出了門，張小花很不高興，道：「我早知道會這樣，完了，這次回去，肯定完了，今後我爸肯定把我看得死死的。」

「別瞎說！」劉嘯笑著，「你要是不離家出走，你老爸也不會這樣，他是讓你給嚇怕了。」

「也好！」張小花笑著，「不管你安得啥心，你現在都沒機會了！」

劉嘯笑著搖頭，不置可否。

張小花跟在劉嘯屁股後面走了一截，又道：「我說，你現在是不是很後悔？」

「後悔什麼？」劉嘯回頭問道。

「後悔這幾天沒抓住機會啊！」張小花嘿嘿笑著。

「你就乖乖回家去吧！」劉嘯敲了張小花一個爆栗，「真不知道你這丫頭腦袋裏到底裝的是啥，好像怕自己嫁不出去似的。」

「我不過就是好奇，想知道你心裏怎麼想的！」張小花低聲嘟囔著，便進屋收拾東西去了。

劉嘯沒聽清楚她到底嘟囔的是什麼，進屋幫她把東西收拾好，再提到樓下，張春生和他的手下已經在樓下等了，看見兩人下來，就有人走過來接過劉嘯手裏的大包小包，放進車裏。

劉嘯走到張春生跟前，「張叔，一路平安！」

張春生點了點頭，轉身朝酒店外面走去，「其實，我一直想跟你說聲謝謝，這次能這麼快找到小花，你出了不少力。」

劉嘯跟在張春生的後面，道：「說到底，這事也跟我有關係，所以找到小花是我必須要做的。」

車子緩緩地駛到張春生跟前，張春生轉身拍拍劉嘯的肩膀，「上次的事，你不要再怨恨我，如果你願意的話，隨時可以回到封明，回到張氏來。」

「我從來都沒有怨恨過你！」劉嘯伸手拉開了車門，「我能理解！」

「唉……」張春生嘆了口氣，鑽進了車裏，「姍姍，上車，我們回去了！」

張小花走得不情不願的，此時才磨蹭到車旁，幽怨地看著劉嘯，「我要回去了……」她想看看劉嘯還有沒有什麼話要說，可是劉嘯什麼表示也沒有。

張小花氣得一跺腳，準備往車裏鑽。就在跟劉嘯擦身而過的一瞬間，卻聽劉嘯在她耳邊低低說了一聲：「我確實是後悔了！」

張小花當即石化三秒鐘，回過神來，滿臉通紅，趕緊鑽進了車裏。

等車子駛出去一截，張小花才探出頭來，「記得給我打電話，再換號碼不告訴我，我就過來殺了你！」

劉嘯笑著，揮手看著車子消失了，這才收回目光，嘆了口氣，慢慢往回踱去。

第二天，劉嘯早早到了軟盟，大飛比他來得還早，看見劉嘯來了之後一聲不吭，有些好奇，問道：「怎麼了？不會真的和女朋友吵架了吧？」

劉嘯搖搖頭，「沒有，在想事情！」

「事情是要做的，想有屁用！」大飛扔下一句極有哲理的話，轉身不再搭理劉嘯，專心玩自己的遊戲去了。

公司的人陸陸續續地來到，藍勝華進來時，看劉嘯已經到了，特意兜了個圈子過來，「劉嘯，昨天張大小姐找你，沒什麼事吧？」

「沒事！」劉嘯嘆了口氣，「就是跟我辭行，她回封明去了！」

藍勝華長長地「哦」了一聲，繼而拍拍劉嘯的肩膀，笑道：「我說你今天看起來魂不守舍的，原來是這樣啊。」頓了頓，又道：「唔，晚上下班之後，你別著急走，一起去吃個飯吧，我有些話要跟你說。」

「好，我知道了！」劉嘯點頭應下，他也想看看藍勝華要跟自己說什麼。

藍勝華笑呵呵的進了自己的辦公室。劉嘯有些無聊，打開信箱看了看，發現沒有新郵件，又給關掉了，坐在電腦前發呆。

劉嘯昨天晚上給RE & KING公司的那個叫做Miller的老外發了一封郵件，想從他那裏打聽一些關於Timothy的消息。可是他到現在都還沒有回覆，也不知道那老外是沒看到呢，還是早就忘了自己是誰，根本就沒回覆。

軟盟今天破天荒地沒給劉嘯和大飛派活，大飛望眼欲穿，可盼到了下班，也沒盼到今天的出公美差，不禁連連嘆氣，關了遊戲，「看來今天沒有免費晚宴了，唉，我回家了！」打過招呼，大飛收拾了東西，慢慢踱出公司。

此時，藍勝華從小辦公區走了出來，「劉嘯，下班了！收拾收拾，跟我走吧！」

「好！」劉嘯應了一聲，把自己桌上的東西匆匆歸位了一下，跟著藍勝華出了軟盟。

「藍大哥，你找我要說什麼吶？」一出軟盟的大門，劉嘯就開口問道。

「這裡不是說話的地方！」藍勝華笑了笑，「我在飯店已經訂好了位子，咱們邊吃邊說吧。」藍勝華說完，到停車場去取了車子。藍勝華的車子是輛商務型的轎車，在那個小辦公區裏，大概也只有他的車子看起來不那麼招搖。

半個小時後，兩人到了飯店，是海城很有名的一家風味餐廳，劉嘯前兩天還剛和大飛來過，也是價格不菲啊。

酒菜上齊，藍勝華便舉起杯子，「來，先喝一杯！」

劉嘯笑了笑，一飲而盡，道：「藍大哥，你是不是有什麼事啊？」

「我能有什麼事？」藍勝華笑了笑，「是你有事！」

「我？」劉嘯有些意外。

「上次吃飯，張氏大小姐在，我就沒好意思問你，你是不是對那個張小花有意思？」藍勝華問。

劉嘯雖然不知道藍勝華為什麼會問這個，不過還是點了點頭，「對，我是喜歡她！」

「還有你上次莫名其妙地離開張氏，我問了，但你一直不肯說原因，如果我沒猜錯的話，肯定也是因為這事，對不對？」藍勝華又問。

「藍大哥怎麼突然想起問這個了？」劉嘯笑著，不知道藍勝華這麼關心自己的私事有什麼意思。

「我就是關心你，你說實話，」藍勝華看著劉嘯的眼睛，「是不是張春生把你攆出來的？因為你沒錢沒事業，是個窮光蛋，他覺得你配不上他女兒，對不對？」

劉嘯笑說：「藍大哥請我吃飯，不會就是來打擊我的吧。這事已經過去了，你就不要再提了，我心裏有數！」

「你看你！」藍勝華瞪了劉嘯一眼，「我打擊你有什麼意思！」藍勝華說完，又舉起杯子，「大家都是男人，說句不避諱的話，你心裏到底是個什麼樣的心思，我是一清二楚。你藍大哥我是絕對是支持你的，而且我不覺得你配不上他張氏的千金，就憑著你的技術，不用很久，你肯定就能出人頭地，我看張春生他這次是看走眼了。他不懂技術，但我懂，我今天找你來說這個事，就是想看看能不能幫上你！」

「讓藍大哥費心了！」劉嘯舉杯，一飲而盡，「就為了我這麼點小事，還讓藍大哥你特別破費！」

「啥破費？難道你我兄弟喝個酒，就不能來這裏了？」藍勝華白了劉嘯一眼，「你這人就是這點不好，太見外，太客氣，讓人總覺得很難和你貼心啊！」

「我的錯，我的錯！」劉嘯笑著，「我自罰一杯！」

藍勝華這才有些高興，道：「你昨天請假，也是為了張小花的事，怎麼樣，有進展沒有？」

劉嘯搖了搖頭，嘆道：「她跟著她老爸回封明去了！」

「唉……」藍勝華跟著嘆了口氣，「好事多磨啊！男人吶，要是沒有點家底，沒有點事業，還真是不行，其實公司有好幾個人，也經歷過你這事。就拿店小三說，長得是一點也不出色，學生時代家裏也是窮得叮噹響，他當年看上一個富家小姐，低聲下氣好幾年，到底也沒成，你再看他現在，追他的女生排起了隊。想想我就覺得好笑，你說他那樣的，竟然還成了搶手貨，不就是因為這小子現在有錢有事業了嘛。」

「我也知道得幹出番事業，不過，這又不是一天兩天就能成的事。」劉嘯無奈苦笑，「藍大哥你能給我指條捷徑嗎？」劉嘯心裏很明白，怕是藍勝華繞了半天的大圈子，就是等自己這句話吧。

果然，藍勝華笑了起來，「捷徑肯定是有的，不過我想先問你一個問題，還希望你能給我說實話。」

「那是自然！」劉嘯身子往前探，做出一副極度感興趣的樣子。

「我問你，之前我一直讓你進軟盟，你都不肯，前幾天你卻主動提出要進軟盟。你要來呢，我們肯定是萬分地歡迎，只是我非常想知道，這裏面是不是有什麼理由啊？」藍勝華問。

「理由？」劉嘯一臉納悶，「這有什麼好說的。我在張氏幹了那麼久，最後卻被人家攆出來，就想放鬆一段時間，也不想擔什麼責任，所以到海城之後，就隨便找了個像NLB那樣的小公司，雖然每天跑來跑去的，累了點，但心裏沒什麼負擔，人也能痛快一些。後來緩過勁來，我又覺得不甘心，所以弄了一個工作室，想自立門戶，闖出點名堂，誰知道三年不開張，開的第一張剛做一半，還碰上被人誣陷的倒楣事。」劉嘯氣得捶了一下桌子，「真是人倒楣了，喝口涼水都塞牙。」

「原來是這麼回事！」藍勝華沉吟片刻，劉嘯說得倒也合情合理，「對了，那誣陷你的事情，查清楚沒有？」

「嗯，查清楚了！」劉嘯隨口應了一聲。

「是誰？」藍勝華馬上問道，「是什麼熟人幹的？」

「什麼熟人？」劉嘯反而是一臉的不解。

「上次張小花不是說，警方懷疑那是熟人幹的嗎？」藍勝華被劉嘯的反應給弄糊塗了。

「咳……」劉嘯擺手，「現在徹底查清楚了，就昨天我去送張小花時，得到黃星的消息，說警方已經鎖定了元凶，是歐洲駭客組織RE & KING的一個成員，因為不滿被組織除名，兩個月前秘密潛入國內，然後攻擊了海城的網路，製造了海城事件。我原來還一直以為海城事件是政府自己的網路演習造成的，現在才明白，原來根本不是那麼回事。」劉嘯偷換概念，將張小花說的那事給敷衍了過去。

「竟然是這麼回事啊！」藍勝華也是一臉的意外。

「沒錯，海城市府安裝的正是RE & KING設計的一款防火牆，當時還是我親自負責安裝的，也就是因為這些防火牆，才招來了對方的報復攻擊。」劉嘯補充了一句。

「既然是黃星說的，那估計就不會假了。」藍勝華點了點頭。

劉嘯也是一臉無奈，「平白無故的，我就替一個從沒見過面的老外背了黑鍋，這事不算完，不管那傢伙現在躲在哪裡，我都會把他揪出來的。」

「呵呵，我能理解，換了是誰都不能白受那鳥氣。」藍勝華笑著，「這樣吧，我回頭也幫你打聽打聽。」

「對了，你剛才說的那捷徑呢？」劉嘯問到。

藍勝華大笑，「我就知道你會惦記著，其實那捷徑你也見過，就是加入咱們軟盟的技術核心層。你這幾天不老跟著那幾個核心去出公差嗎，那都是我安排的。」藍勝華往椅背上一靠，「我是想讓你多和那幾個核心接觸接觸，然後能明白過來，誰知道你到現在也沒開竅。」

劉嘯恍然大悟，「我說怎麼這幾個人都開那麼好的車啊！」

「現在你明白了吧！」藍勝華玩弄著手裏的酒杯，「我一直想幫你，但進核心層的事，還得老大做主，公司選拔核心是非常嚴格的，估計還要考驗你一段時間。」

「怪不得大飛說，全公司的人都盯著那個小辦公區，原來是這麼回事啊！」劉嘯想了想，「不過，我有個疑問，為什麼公司的核心就能賺那麼多錢？」

藍勝華看著劉嘯，有疑問就對了，沒疑問才不正常呢，不過藍勝華還是道：「公司還有一些其他方面的業務，只有核心人員才能負責操作，這塊才是公司贏利的來源。」

劉嘯笑了起來，「我說呢！」

「你的技術我非常看好，只要你願意進核心層，我會向老大推薦你的，不過你自己也得上點心，不要整天跟著大飛那樣的閒人無所事事。」藍勝華皺著眉，「公司裏想進核心層的人太多了。」

「我明白！」劉嘯主動舉起杯子，敬了藍勝華一杯。

兩人這頓飯吃得算是盡興，最後藍勝華喝得有點多了，車也不能開，兩人都是搭計程車回家的。

回到家，劉嘯不禁琢磨起來，藍勝華今天主動請自己吃飯，又主動提起核心層的事，不可能一點目的都沒有，怕是他的主要目的，還是要打聽海城事件的進展，上次張小花的話估計是真嚇到了這群螞蝗。

劉嘯不禁暗道僥倖，幸虧自己這幾天沒有什麼行動。藍勝華每天讓那些人用豪車在自己眼前晃，然後好吃好喝伺候著，估計也不像他自己說的那麼好心，他明知自己會懷疑，還要這麼做，八成是想用這些奢華的糖衣炮彈炸暈自己，估摸著自己快動心了，這才用張小花這事來引誘自己鑽入他的彀中。那他把自己拉攏進去後，下一步怎麼辦呢？

劉嘯雖然喝得有點多，但他腦子還很清醒，藍勝華他們知道自己就是「留校察看」，自己在消滅wufeifan的病毒集團中是出了大力的，他們匿名舉報，是要打擊報復自己。按照wufeifan的性格，就算栽贓之計失敗了，也絕不會放棄報復的，可現在拉攏自己又算是怎麼回事呢？

「唉……」劉嘯揉著腦袋，有點頭疼，這點還真是琢磨不透，難道wufeifan是想前嫌盡釋，想把自己過去的對手變成合作夥伴？

劉嘯此時酒勁犯了上來，左右定不住個弦，只得放棄，「反正自己小心點就是了！」

喝了杯茶，劉嘯頭痛稍微好轉，打開電腦，發現Miller給自己回信了，那老外說海城的網路最近又出了點問題，ＮＬＢ沒辦法，把自己從歐洲又拉了過來，現在他人就在海城，後面附有他在海城的住址和聯繫電話。

劉嘯看看時間，已經不早了，就沒打電話，給那老外回了一封郵件，約老外明天晚上見個面，定好時間地點，劉嘯把老外的聯繫記下來，便關機睡覺去了。

第二天到軟盟的時候有點晚了，出乎意料的是，一份派工單竟然出現在劉嘯的桌上，劉嘯拿起一看，是一個ＩＰ位址，下面寫了要求，要他盡可能地測出這伺服器上的所有安全漏洞，並提出解決方案。

這對劉嘯來說，並不是什麼難事，他坐在電腦前，準備開機幹活。一旁的大飛撇嘴嘆氣：「唉，出公差的好日子估計是沒有了！」

劉嘯沒有理他，從網上下載了一個掃描工具，是劉嘯自己設計的，可以穿越絕大多數防火牆的攔截和欺騙，對目標ＩＰ進行常規安全檢測，劉嘯可不敢對這ＩＰ進行未公佈安全漏洞方面的檢測，他現在還摸不準藍勝華的意思。

不過十來分鐘的時間，檢測結果就出來了，劉嘯把有用的地方整理成文檔，然後根據這些漏洞，又寫了一份報告，推測出這台伺服器的作用和用途，然後根據檢測報告裏的漏洞，一一提出解決方案，最後劉嘯還根據伺服器的用途，提出了一些獨特的在防範未知攻擊方面的設想。

除了張氏的那份企業網路設計方案，這大概是劉嘯做的最認真的一份報告，以至於他連午飯都差點忘記吃，匆匆吃過午飯，等下午一上班，劉嘯就把這份報告遞了上去。

沒過多長時間，小辦公區的門開了，就見店小三面色冷峻地走了出來，手裏高高舉著劉嘯的那份報告，道：「這份報告誰做的？」

劉嘯趕緊站起來，還沒等他開口呢，就看店小三把那報告「啪」一聲甩在地上，厲聲喝道：「拿回去重做！」

劉嘯萬分詫異，怎麼回事，難道是自己什麼地方弄錯了？

店小三道：「就憑這麼一份不痛不癢的報告就想蒙混過關，門都沒有，如果下次再讓我看見這樣的報告，就趁早滾蛋，我軟盟不養這樣的廢物，也丟不起這人！」說完，只聽「匡噹」一聲，小辦公區的那扇門被摔上了。

大飛不得不放下自己的遊戲，跑過去把那份報告撿了回來，看劉嘯還傻站在那裏，就拍了怕他肩膀，道：「家常便飯，沒事，你也別生氣了，先坐著吧，我幫你看看是怎麼回事！」

大飛把打亂了的頁碼重新排好，看了才兩頁，便搖了搖頭，再迅速翻完剩下的頁碼，似乎沒找到自己想看的，就重重地嘆了口氣，「得，這次店小三還真沒冤枉你，你這報告，我這裏都過不了關！」

劉嘯一愣，「怎麼回事？我這報告哪裡不對嗎？」

「你這報告表面看起來吧，倒沒有什麼錯誤，只是……」大飛沉吟片刻，想找出一個合適的詞來，「只是有點掛羊頭賣狗肉的味道。」

「什麼意思？」劉嘯不明白。

「公司客戶要的是這台伺服器的安全詳情，以及漏洞的解決方案。」大飛看著劉嘯，繼續說道：「你給的這些，只是一般性的探測結果，還有很大一部分是你自己的推斷，這些東西，就是那些網吧裏的小菜鳥也能辦到。而我們是專業安全公司的技術員，客戶既然找到了咱們軟盟，那就是把他們伺服器的安全交到了咱們手裏，咱們就必須給客戶最真實最確鑿的資料，不能有一絲一毫推斷的成分，就算不能找出那伺服器上全部的安全隱患，也必須竭盡全力，把能找到的全找到，能堵住的全堵住，能想到的全想到。」大飛搖著頭，把劉嘯的報告扔回到劉嘯桌上。

劉嘯一聽，大飛說得完全合情合理，自己光想著藍勝華是什麼意思了，竟然沒有考慮到這一層。

大飛嘆了口氣，關掉自己的遊戲，伸手抽過劉嘯桌上的那張派工單，看了一眼那ＩＰ，道：「得，今天你這單我幫你做了，你多看著點，以後就知道怎麼做了。」說完，調出自己的工具，對那個ＩＰ開始進行檢測。

劉嘯瞄了一眼那檢測工具發送的檢測資料，便知道大飛技術不簡單，有很多資料都是針對一些還沒有公佈過的漏洞，更有一些資料是類比各種攻擊方式，以驗證那伺服器是否會出錯。

過了幾分鐘，檢測完畢，大飛又調出另外一個工具，利用發現的漏洞直接發起了攻擊，片刻之間便殺到了那台伺服器上，然後開始上傳各式各樣的檢測工具，並在那伺服器上運行這些工具，對伺服器進行一番全方位的「體檢」。

大飛十分專業，出來一個報告，便運行另外一個工具，每個工具檢測的安全範圍都不一樣，到最後，不僅僅是對這台伺服器進行檢測，還對這伺服器所在的網路進行了探測，看有沒有什麼能被駭客利用的網路內部漏洞。

光這些名目繁多的檢測做完，一下午的時間就耗得差不多了，不過檢測雖多，也不是所有的安全問題它都有，大飛一邊整理這些檢測結果，劉嘯在一邊就把修補這些問題的方案弄出來。

最後一項檢測做完，劉嘯就笑道：「多謝了，大飛！」

「沒事！」大飛擺擺手，「你趕緊把這些都整理成報告吧！」

「好！」劉嘯應了一聲，就要去忙。

大飛此時卻又道：「不對，還有最後一道程式，差點給忘了。」

劉嘯有些納悶，湊過去看，卻見大飛在那伺服器的桌面上留了一個文檔，文檔標題就是：「你被駭了！」內容是：「貴伺服器共有安全方面的隱患一十七處，軟盟科技公司安全檢測員○○七號大飛敬上！」

寫完，大飛又覺得不對，搖了搖頭，過去將劉嘯衣服上的工作卡拽了下來，然後按照著工作卡上的編號，把文檔的落款改為「軟盟科技公司安全檢測員〇三二號劉嘯」，這才笑著道了一聲「妥了」。

「不是吧？」劉嘯大感意外，「還要留名字？」劉嘯有些不理解。

「搞清楚好不好，是他們請咱們去做檢測的，你要是不留個記號，他們還以為你拿錢不辦事呢。再說了，留個記號給對方，咱們這價錢也能往高提一提！」大飛像看土包子一樣看了劉嘯一眼，退出那伺服器，站起來開始收拾自己的東西，「靠，下班了，我這一下午的休閒時光全被你小子給耽誤了！」

「晚上我請你吃飯！」劉嘯脫口而出，說完又意識到不對，忙道：「說錯了，明晚，明晚，今晚已經約了人了，不好意思！」

大飛的情緒剛被調動起來，誰知劉嘯立馬就反悔了，十分地喪氣，道：「靠，你小子能在天黑之前把這整理完就不錯了，得，我先走了！」

「對不住啊大飛！」劉嘯此時感覺特別不好意思，趕緊承諾著，「明晚一定請，一定請！」

大飛擺了擺手，踱出軟盟。

劉嘯嘆口氣，回身趕緊忙活著，等忙完了，還有老外在那邊等著呢。

# 第七章　牢獄之災

劉嘯不相信這世界上會有如此巧合的事情。沉吟片刻才道：「Timothy攻擊了海城的網路，但讓我替他背了黑鍋，平白無故招來了一場牢獄之災，所以我必須把他這個真凶揪出來，否則我一輩子都得生活在警方的懷疑之中。」

劉嘯忙完報告，往公司的公用信箱一扔，然後往和老外約好的地方趕了過去，等到的時候，時間剛剛好，老遠看見那老外Miller也是剛到，正由服務員領著找位子。

「Miller先生！」劉嘯趕緊跟過去，打了個招呼，「抱歉，來晚了！」

老外倒也厚道，「劉先生很準時，我這也是剛到。」

劉嘯笑著坐了下去，點好了餐，問道：「Miller先生是幾時到海城的？對在中國的生活，是不是有些習慣了？」

「三天了！」Miller無奈地聳聳肩，「我現在是中國地區的負責人，如果我們公司的產品能在中國打開市場的話，我以後就可以常住在海城了，不用像現在這樣飛來飛去的。」

劉嘯笑著，「貴公司的產品確實是一流的，打開市場應該不是什麼難事！」

Miller笑了笑，「劉先生，其實我也有事要問你的！」

「請說！」

「當時，RE & KING之所以選擇ＮＬＢ來作為自己在中國區的總代理，是因為ＮＬＢ有劉先生你這樣的技術人才，可我沒想到，雙方的合約剛一簽訂，你就離開了ＮＬＢ，如果早知道是這樣的話，RE & KING是絕不會選擇ＮＬＢ的，他們甚至沒有一個像樣的技術員，每次出一點小的非常規問題，也需要RE & KING總部派人過來。」Miller一臉的痛苦。

劉嘯被說得有些臉上發燒，「這個……這其實在和RE & KING談判之前，我已經向ＮＬＢ遞了辭呈！這樣吧，算是我欠你們一份人情，今後如果再出問題，我能幫的儘量幫，解決不了的，再讓ＮＬＢ聯繫你們總部，好不好？」

劉嘯很鬱悶，自己今天已經是第二次給人許願了，看來欠別人的，終歸是要還的，不還是因為時間還沒到。

Miller擺了擺頭，「我說這個，並沒有別的意思！既然你現在已經不是ＮＬＢ的人，那事情就和你無關了，我們自己會解決的。」

「我也沒有別的意思，只是我認為是自己欠下的責任，那我就會彌補的。」劉嘯笑了笑。

Miller無奈地聳聳肩，顯然很難理解劉嘯的邏輯。

「Miller先生，我今天約你來，是想向你打聽另外一件事情！」劉嘯繼續說道。

「我很疑惑，不知道你要向我打聽什麼！不過，你請說！」Miller伸了伸手，做了個請的姿勢。

「我知道貴公司以前有一個成員，名字叫做Timothy，你知不知道此人現在身在何處，能不能聯繫到他？」劉嘯看著Miller。

「Timothy？」Miller一聽頓時色變，騰地站了起來，「你怎麼會知道他，你要找他做什麼？」

劉嘯對Miller的過激反應有點奇怪，「Miller先生你先坐，我會給你解釋的。」

Miller愣了半天，才懷疑地看著劉嘯，坐了下去。

「Miller先生肯定是知道Timothy報復RE & KING的事情了吧？」劉嘯笑說。

「這個你也知道？」Miller愈發詫異，「你怎麼會知道這些呢，我也是這次到了海城之後才知道，我們賣給海城市府的產品連續遭到駭客攻擊，都是Timothy幹的，現在我們也在找他！你又為什麼要找他？」

其實到現在，劉嘯也弄不清楚自己非要找Timothy出來的真正原因，反正他就是想儘快把Timothy找出來，至於把Timothy找到之後，自己要做什麼，劉嘯反而有些糊塗。Timothy並沒有攻擊海城市府的網路，這點自己很清楚，自己沒有任何理由去找對方的麻煩，反而是對方有理由來質問自己為什麼要誣陷他。但劉嘯也很委屈，因為他事先也不知道這個世界上有一個人會和自己捏造出來的人一模一樣，包括身分、經歷都如此吻合。

或許，劉嘯想找對方出來的真正原因，就是因為他從心裏不願相信這世界上會有如此巧合的事情。

沉吟了片刻，劉嘯才道：「Timothy攻擊了海城的網路，但讓我替他背了黑鍋，平白無故招來了一場牢獄之災，所以我必須把他這個真凶揪出來，否則我一輩子都得生活在警方的懷疑之中。」

Miller點了點頭，「原來是這樣！不過，你應該找的並不是Timothy，而是那些辦錯了案子的警察，你應該向他們解釋清楚。」

「我只想把這件事儘快了結，我不想惹其他的麻煩，你明白嗎？」劉嘯被這老外的精明弄得有些惱火，「何況，你們不是也想找到Timothy嗎？有我的加入，找到Timothy的時間就會更快一些。早一日找到Timothy，你們也會早一天少了這個麻煩，如果再讓他這麼鬧下去，怕是你們在中國的唯一一筆生意也沒了，今後想要再打開中國市場，恐怕也是不可能了！」

Miller沒說話，心裏不斷地盤算劉嘯的這番話，過了好半天，他才道：「OK！我答應和你合作，只是希望你這次不要再把我們半路甩掉！」

劉嘯汗顏，原來老外是有這方面的擔心啊，「我向你們的上帝起誓！」

「好，我相信你就是了！」Miller說完，沉思片刻道：「Timothy這個人的技術非常厲害，沒有離開RE & KING之前，他是我們組織內的技術核心，我們防火牆的很多關鍵技術，都是他設計的。半年前，防火牆初始產品完成，接到了不少訂單，Timothy此時卻提出要將自己在公司所占的股份提高五個百分點，理由是他提供了大部分的關鍵技術，這遭到了大多數人的反對。Timothy便提出了要脫離公司，沒辦法，公司不得不籌集很大一筆錢，算是將Timothy的那些關鍵技術的使用權購買了過來。」

劉嘯沒想到Timothy的離職，居然是因為利益分配的不均，看來這些老外駭客對錢非常看重，不過他們比wufeifan好的一點，就是他們還是從正當途徑來賺錢。

Miller繼續說道：「Timothy離開公司後，用得到的錢創建了一家屬於自己的安全機構，一個月後，那家機構便關閉了，聽說是因為第一個項目便虧了錢，自此我們便再沒有見過他，直到聽到現在這個消息。」

這些和黃星說的完全一樣，劉嘯不得不服，這個世界上還真是有那麼巧的事發生，不過這些並不是劉嘯現在所關心的了，他問道：

「我想知道，現在要怎樣才能將他找到，你們有沒有什麼線索？另外，我想知道Timothy的駭客行為特徵，比如他的攻擊習慣、攻擊嗜好之類的。還有，請提供一些他的資料，例如他的E-MAIL之類，或者是他經常去什麼網站。」

「本來我們也沒有在意一個已經離開了公司的人！」Miller頓了頓，「這次的事情之後，我們反過來追蹤的時候才發現，Timothy居然在一個月前，用他以前的帳號登入過公司的內部員工網。現在我們已經在分析當時的資料包了，希望能找到他登入時的準確位置，不過時間過去了那麼久，資料太多太雜，估計很難！」

分析資料包對劉嘯來說，是家常便飯，他知道其中的難度，如果是入侵當時便讓劉嘯來做分析，那劉嘯有十足的把握找出Timothy登陸的來源，一個星期之內，劉嘯還有五成把握，超過一個星期，那就很渺茫了。

「我們現在已經做了準備，如果Timothy再次登陸我們的內部網，我們就會立刻啟動追蹤程式。」Miller搖搖頭，「不過，他的技術非常高明，即便是非常瞭解他，我們也沒有十足的把握追蹤到他。至於你要的那些資料，我回去後會整理一些他以前的案例和工具，然後發到你的信箱。他以前的那些聯繫方式，我們都試過了，沒有回音。」

「這很難說！」劉嘯沉思著，「既然他在離職半年之後，還會使用之前的內部帳號，那就很難保證他不會再次使用以前的通訊工具。」

「沒錯，沒錯，劉先生說得不錯！」老外似乎是沒想到這點，一時有些眼亮。

自己該問的都問了，劉嘯再無什麼可說，道：「Miller先生這次準備在海城待多久？」

「不會很久，幾次發生這樣的事，海城市府的管理員非常生氣，這次叫我們過來，是想讓我們給他們一個保證，確保以後再也不會發生類似的事情！」Miller很痛苦地嘆氣，「我不能給他保證，就算是把Timothy找到，我們也不能做這樣的保證，你知道，駭客攻擊隨時都可能會發生，有時候甚至是沒有理由的。事情僵持在了這裏，如果我們不能保證，他們就會考慮更換防火牆產品！」

劉嘯笑了起來，海城市府一貫是這種官老爺的辦事風格，一點都不實事求是，不過這老外也太死板了，劉嘯笑呵呵地看著老外：「這個很好辦，你明天就去告訴那個負責人，說你可以保證以後再也不會有此類事情發生了，事情不就解決了嗎！」

「這怎麼可能？」Miller驚詫地看著劉嘯。

劉嘯笑著，他很清楚，那些官老爺其實就是想要這句話，如此，就是以後再發生此類事件，他們便有了推脫責任的藉口，一時頭昏，相信了洋毛子的鬼話，然後又是什麼吸取教訓，不能再交學費之類的套話，劉嘯很熟悉這些套路，但這畢竟是家醜，他不能對老外明講，只是道：

「你聽我的肯定不會錯，如果你不願意的話，你可以讓NLB去做這個保證。」

劉嘯之所以敢這麼說，是因為海城市府受到的三次攻擊，全是劉嘯幹的，除了他，大概也沒有誰閒得沒事幹去攻擊市府的網路，而且還專門從防火牆下手。

老外恍然大悟，連連點頭，招呼劉嘯趕緊吃飯。

吃完，走到飯店門口，老外想起一事，「對了，劉先生，不知道你離開NLB之後，現在在哪裡工作？」

劉嘯愣了一下，道：「你很熟悉，是你們競爭中國市場的最大對手，軟盟科技！」

「啊！」老外頓時傻在了那裏，他覺得自己似乎又上了劉嘯的當，上次劉嘯就給自己扔下個爛攤子，這次不知道自己又要吃什麼虧。

劉嘯的報告總算是過了關，他剛到公司，便被告知昨天提交的那份報告已經通過了，客戶對軟盟的檢測服務很滿意。而下一步，公司會派人過去對那伺服器實施安全方面的防護措施。

劉嘯看大飛閒得在桌子前不停地搖頭晃腦，便笑道：「大飛，晚上一起吃飯，我請客！」

「囉嗦啊，昨天你就說過了，我知道了！」大飛晃著腦袋，想著今天要幹點什麼，遊戲今天例行維護，唯一的一點樂趣也沒了，「公司今天沒給你派活？」

劉嘯搖頭，「沒，不過昨天那伺服器既然檢測通過了，估計會派我過去負責維護吧！」

「應該是吧！」大飛點頭。

誰知他話音剛落，就有人拿著一份新的派工單到了劉嘯跟前，「〇三二，劉嘯，你的！」說完，那張派工單就落在了劉嘯的桌子上。

「咦？」劉嘯一看之下，就有些意外，「又是安全檢測？」

那邊大飛也納悶了，因為自己也得到了一個派工單，而派給自己的活，卻是出公差，去給劉嘯昨天檢測過的那台伺服器做安全維護。

「不會吧？」大飛同樣無法理解，別人檢測的伺服器，為什麼要派自己去維護？他一把拽住那個派活的人，「你沒有搞錯吧，是不是把我們倆的工號搞錯了？」

「錯不了！」那人笑道，「天天都是這樣派的，上面定好之後，由我填好派工單，然後分發給個人，什麼時候出過錯？再說，就是工號錯了，名字也錯不了吧！」

大飛很鬱悶地擺了擺手，示意那人可以走了。

誰知那人又道：「你出公差的票我已經派人去訂了，如果沒差錯的話，會是下午四點左右的車，你現在去領檢測報告，完了就可以回家收拾東西了，還有，準備好自己要帶的工具。」

「知道了！又不是第一次！」大飛把那人打發走，然後靠在椅子裏發呆，嘴裏還在嘀嘀咕咕著：「上面是不是搞錯了啊！」

劉嘯過去拍了拍他，「別愣了，趕緊行動吧！我猜測是你昨天幫我做安全檢測的事，被上面發現了，安全檢測是你做的，伺服器的情況你最清楚。自然是由你去做維護！」

大飛茅塞頓開，「八成是這樣了！得，咱們這些給人打工的，想這麼多幹什麼，上面的人給派什麼活，咱們就幹什麼活唄。」

大飛說完，笑呵呵站了起來，到資料部去領劉嘯昨天提交的那份報告。

劉嘯看了看自己的派工單，上面是一個新的ＩＰ位址，還是要做安全檢測。昨天碰了一鼻子灰，劉嘯今天自然是不敢再怠慢，當下就把手上那幾款能拿得出手的工具全部下載了過來，對這個伺服器先進行試探性的掃描檢測。

大飛拿著報告回來，見劉嘯已經進入到那台伺服器上，便有些意外，道：「這麼快？」說完湊了過去，看劉嘯也學著自己，往那伺服器上傳了一些檢測工具。

等那些工具的檢測報告一出來，大飛眼睛就有些直了，把劉嘯上下打量三遍，「怪不得，怪不得！」

「什麼怪不得？」劉嘯不知道大飛是什麼意思。

「你小子要是昨天就把這些壓箱底的工具拿出來，老子也就不用班門弄斧了！」大飛恨恨道：「靠，你是不是故意想看我笑話啊！」

「沒有，沒有！」劉嘯趕緊解釋道：「我就是個網吧駭客，雜牌軍，現在雖然是混入了正規軍的隊伍，但我啥也不懂啊，昨天我那是真沒弄明白公司的意思，以為就是做個掃描檢測呢！」

大飛又懷疑地看了劉嘯兩眼，「看來我還真是小瞧了你，沒想到你小子看起來跟土包子似的，肚子裏還真是有點貨，怪不得這幾天上頭那些精英們雞飛狗跳呢，你是真有進包間的本錢吶！」

大飛擺擺手，把劉嘯拉開，自己湊到電腦前一陣翻看，嘴裏嘖嘖道：「這工具可比我的要好用多了，你小子有這好貨怎不早點貢獻出來呢。不錯不錯，速度比我的快，檢測範圍也比我的全面，是你自己寫得嗎？」沒等劉嘯回答，大飛又道：「靠，你從哪裡弄到這些資料的，怎麼這些個漏洞我都不知道！」

劉嘯有點尷尬，不知道該怎麼說，其實自己今天拿出的這些工具，是做了保留的，壓箱底的東西根本就沒敢拿出來，要是把踏雪無痕利用的那些漏洞公佈出來，足以在業界引發一波又一波的連鎖反應。

劉嘯笑了笑，道：「工具是我自己寫的，不過很多資料都是別的高手提供的。大飛你也不要在我面前裝了，我還不知道你，你要是肯把你壓箱底的工具拿出來，那我這些工具立馬就不能看了！」

大飛笑了笑，站起身來，「話是這麼說，但你這裏確實有幾個漏洞我是不知道的，回頭咱倆共用共用？」

大飛這麼說，就是承認了自己還有壓箱底的東西沒拿出來，這是駭客們的本能，他們總得留一手防備著。

「沒問題，回頭我就把資料給你一份！」劉嘯笑著。

「得，今天晚上吃不上你的飯了，不過老子也不虧，能得到你小子一份資料，可比一頓飯要划算多了！」大飛過去從自己桌子上了拿了車鑰匙，「你慢慢搞吧，我這就出公差去了，哈哈……」

劉嘯無奈地搖頭，重新坐到電腦前，開始忙活自己的檢測工作，有了昨天大飛的演示，他今天心裏便有了底，中午下班之前，他就把檢測報告提交了上去，和預想的一樣，順利通過了！

下午軟盟沒有給劉嘯再派新的活，劉嘯坐得無聊，起身準備去洗手間，起身一轉身，和一人撞在了一起，正是早上給自己發派工單的那人，那人手裏的幾張派工單被撞散在了地上。

「對不起，對不起！」劉嘯趕緊彎身去揀那幾張派工單。

「沒事！」那人也去揀，一邊笑道：「這事怪我，是我沒看見，你背後能長眼睛嗎？呵呵……」

看那人如此厚道，劉嘯便多說了一句，「有沒有我的派工單？」

「好像是沒有！」那人笑著，「我也不確定，要不你自己翻一下，看看有沒有？」

劉嘯便翻了一下自己撿到的這幾張，才翻兩張，劉嘯就納了悶，問著那人，「是不是咱們公司有新規定，負責給客戶做安全檢測的，和去做實地安全維護的，不能是同一個人？」

「沒有這個規定吧？」那人想了想，「似乎一直都是誰做的安全檢測，便由那人去給客戶做維護？怎麼，有什麼不對嗎？」

「沒有！」劉嘯搖了搖頭，把手裏的那幾張單子遞還給那人，「我只是隨便問問罷了！」

說完，劉嘯便朝洗手間的方向走去，不過心裏卻更加不解，既然沒有這項規定，那為什麼自己昨天檢測的伺服器，今天要交給大飛去維護？而今天早上檢測的那台伺服器，也派給了另外一個人去維護呢？

大飛那事自己還能解釋，但今天這個就無法解釋了，每個檢測員的工具、風格都不同，甚至是知識層面都不同，自己檢測出來的漏洞，就算給出了解決方案，另外一個人也不一定就能順利解決掉。

外人都能想明白的道理，為什麼軟盟卻要反其道而行之呢，劉嘯確實想不通，只得用大飛的那句話來慰藉自己，「上面的人讓咱做啥，咱就做啥唄，自己也就是一打工的，管那麼多幹什麼呢！」

下午臨下班時，藍勝華從小辦公區裏走了出來，滿臉笑意道：「大家先把手裏的活都放一放，開個臨時獎評會！」

公司裏的人聽到這話，便都把目光投了過來，劉嘯也不例外，來軟盟這麼些天了，第一次碰到獎評會，不知道要獎勵誰！

「就在剛才，公司收到了一位非常重要的客戶的電子信函，在信函裏，這位客戶對咱們軟盟的技術實力給予了很高的評價，說咱們是全國最專業的安全機構，為此，他們決定和咱們軟盟達成一項價值數百萬的合作意向。」

藍勝華笑了起來，「在這裏，公司要感謝咱們的一位員工，正是因為他的一份安全檢測報告，才令我們的客戶如此滿意，如此地信任我們軟盟。」

藍勝華趁說話的工夫，便走到了劉嘯跟前，一拍劉嘯的肩膀，道：「這位員工，就是劉嘯，咱們的〇三二號安全測試員！」

劉嘯顯然沒做好準備，公司人的鼓掌一下把他弄傻了，竟然呆呆坐那裏沒反應，他怎麼也想不到藍勝華會表揚自己，這不對啊。

「傻坐著幹什麼？」藍勝華推了劉嘯一把，「給大家表示一下！」

劉嘯這才慌忙站了起來，「感謝公司厚愛，我會更加努力的！」

藍勝華對這句話很滿意，連連頷首，從口袋裏掏出一個鼓鼓囊囊的紅包，等所有人都安靜下來，才道：「咱們軟盟向來是有功必賞的，因此，公司決定獎勵劉嘯現金兩萬塊！」

這下不光是劉嘯，全公司人都傻了，以前軟盟也有獎金，但沒見過一次獎勵這麼多的。

藍勝華把紅包往劉嘯懷裏一塞，拍拍他肩膀，「好好幹，記得請大家吃飯吶！」

他這麼一說，公司的人反應過來了，紛紛起鬨，「對，要請客！」劉嘯這才回過神來，不禁嚇了一跳，公司好幾百人呢，這客要怎麼請啊？

一旁的藍勝華又開口了，「這樣吧，我看明天大家的午餐，就由劉嘯買單了吧？」

「好！」所有的人都叫好！

劉嘯這才擦了擦汗，連忙點頭，「沒問題，沒問題！」

回到家，劉嘯也沒能弄明白今天這算是怎麼一回事，自己檢測的伺服器不讓自己去負責維護，說他們信不過自己吧，卻又當著全公司的人表揚自己，還給自己發了個大紅包，劉嘯現在是真猜不出藍勝華葫蘆裏到底賣的什麼藥了。

打開電腦，劉嘯發現Miller給自己發了一封信，裏面是Timothy的各種聯繫方式，Miller說，關於Timothy的其他資料，他們總部正在整理，等整理出來，他就會第一時間發過來。

劉嘯根據手裏的資源，把這些聯繫方式，能監控的全部用工具監控了起來，只要對方一上線，自己就會第一時間知道。剩下那些無法監控的聯繫方式，劉嘯就挨個設計了欺騙消息或者是驗證消息，給對方發了過去。

做完這些，時間已經很晚了，劉嘯就睡覺去了，電腦開著，會按照劉嘯的設定自動監控Timothy的線上情況。

接下來的幾天，劉嘯每天都會接到一個安全檢測的任務，不過奇怪的是，軟盟只讓劉嘯負責檢測，維護的活總是安排別人去。大飛中間回來一趟，又被公司派了出去。

劉嘯慢慢適應了這種生活，每天到公司，必定有一張派工單放在自己的辦公桌上，劉嘯其他的都不用看，只需掃一眼那ＩＰ位址就可以了，然後就可以拉出自己的工具幹活了。

掃描檢測、到伺服器上的本地檢測，以及對伺服器所在的內部網的檢測，這些挨個做一遍，完了就在那伺服器上留下「軟盟科技〇三二號安全檢測人員劉嘯敬上」的「小紙條」，然後整理出文檔，交給公司，就是這麼簡單。

每隔兩三天，劉嘯就能得到公司的口頭表揚，或者是紅包獎勵，真是羡煞了其他人，就連門口的接待美眉都特地跑來對劉嘯說，讓他進了小辦公區後可不要忘了提攜自己。看來所有的人都認為劉嘯進小辦公區，已經是板上釘釘的事了。

劉嘯晚上回家就研究Miller給自己發的資料，經過一連幾天的努力，初步弄出了一些Timothy的行為規律，可是他也沒時間去盯守。想來想去，劉嘯就又想到了自己的免費苦力張小花，讓她有空的時間幫自己盯著點。

這一天，劉嘯跟往常一樣進了軟盟，剛在自己的辦公桌前做好，派工單的那人就走了過來，「劉嘯，你今天的單子，我給你拿過來了！」

「謝謝你！」劉嘯禮貌性地客氣了一聲。

「這麼客氣幹什麼，別見外啊，再說了，這是我的份內職責。」那人笑了笑，轉身忙去了。

劉嘯看了看，那人手上再無別的工單了，看來他是專門給自己送過來的。現在全公司的人都謠傳自己要進包間，這派工單的待遇也變了，以前是直接放桌上，現在卻是自己在辦公桌前坐定了之後，那人親自送過來。

往派工單上掃了一眼，劉嘯記住那ＩＰ位址，就拉出自己的掃描工具，發出了掃描資訊。

消息很快傳了回來，令劉嘯意外的是，對方的伺服器竟然只開了一個奇怪的埠，而且看不出這個埠是做什麼用的，其他方面的漏洞，竟然是一個都沒能檢測出來？

劉嘯又抓起那張派工單看了看，上面只有一個ＩＰ位址，並沒有其他的說明。派工單有時候會對要檢測的伺服器做一些說明，有時候則沒有，不幸的是，劉嘯第一次想看這個說明卻沒有。

「這樣的伺服器還需要做安全檢測嗎？」劉嘯開始撓頭了，自己的掃描工具可是能穿過絕大多數防護牆的，但為什麼會得到如此少的資訊呢，甚至是連對方伺服器的名字都刺探不出來。再說，自己的掃描器還會對很多未公佈漏洞進行探測，而對方的伺服器一個漏洞都沒被檢測出來。

一般來說，這會有兩種解釋，第一，掃描器發出去的消息被對方的防火牆攔截了；第二，對方的伺服器被高人做過了安全方面的守護，已經修補了所有能修補的漏洞。

劉嘯排除了第一種可能，因為對方伺服器那個奇怪的埠送回了訊息，說明自己發出去的消息並沒有被攔截。但如果是第二種可能的話，對方既然有高手，而且還很厲害，完全可以自己搞定伺服器的安全工作，完全沒有必要找軟盟做這個測試啊，事實上，他也已經搞定了自己的伺服器。

「這到底是什麼伺服器呢？」這是劉嘯遇到的為數不多的安全級別很高的伺服器，劉嘯不禁對這伺服器的來歷產生了興趣。

從網上調出來自己的ＩＰ定位工具，劉嘯把這個ＩＰ輸了進去，一按查詢，工具竟然彈出提示：「沒有此IP位址的相關資訊！」

劉嘯有些不敢相信自己的眼睛，自己這個IP定位工具幾乎是和全球所有ISP服務商的IP庫保持同步的，怎麼可能沒有這個IP的相關資訊呢。

「不行！我得去問問！」劉嘯站了起來，他對這個伺服器的來頭產生了懷疑，「奶奶的！」一咬牙，劉嘯朝那邊的小辦公區走了過去。

劉嘯敲門進去，「包間」裏幾十號人的眼睛都看了過來。

「劉嘯，你有事？」藍勝華開口問道。

「我想瞭解一下今天我要測試的那伺服器的詳細資訊！」劉嘯說。

「怎麼？那伺服器有什麼問題嗎？」藍勝華看著劉嘯。

「說不上來！我剛才對那伺服器進行掃描檢測，發現那伺服器其實挺安全的，似乎用不著找咱們做安全檢測吧！」

「那行，我幫你找一下！」說完，藍勝華就在辦公桌上那一遝文件裏翻了起來，翻了一會兒，抽出一份檔案夾，「找到了，在這呢！我看一看！」

藍勝華把那些文件看了一遍，「沒有什麼問題，你再看看！」

劉嘯過去接過檔案，快速翻了一遍，確實沒有什麼問題，對方是一家從事電子技術研發的企業，這份檔案裏，有對方授權軟盟進行安全檢測的授權書，還有對那個ＩＰ的使用權證明，以及對方企業的註冊影本。

「發現什麼沒有？」藍勝華問。

劉嘯搖了搖頭，「這些資料都核實過嗎？」

藍勝華笑了起來，「肯定都是核實過的，做咱們這行的，安全就是第一準則。」藍勝華頓了頓，「這樣吧，這份資料你拿走，完了讓業務部的人再去核實一下，確定沒有問題之後，你再進行安全檢測！」

「好！」劉嘯應了一聲，拿著資料就奔業務部去了。

# 第八章 聰明反被聰明誤

劉嘯這也是無奈之舉，被wufeifan逼到了這地步，本以為是自己的偽裝做得好，已經成功騙過了藍勝華，就快混進他們的內部了呢，誰知這一切卻是敵人用來迷惑自己的假象。這真是聰明反被聰明誤。

半個小時後，劉嘯從業務部出來，徹底放了心，看來自己是多慮了，業務部核查了對方企業提供的那些資料，全部都是真實合法的，而且劉嘯還給對方的企業打去電話，對方也親口證實確實有授權給軟盟進行安全檢測，ＩＰ位址和伺服器名稱也絲毫不差。

劉嘯自然也就沒什麼話可說了，回到自己的辦公桌前，開始琢磨著要怎麼對這台伺服器進行安全檢測，普通的安全掃描已經不管用了，除了那個奇怪的埠外，一點有用的資訊也沒有。

「可要怎麼去做呢？」劉嘯撓了撓頭，不能從那伺服器的外部獲取有用的資訊，也就無法進行下一步的動作，自己總不能像以前那樣，依靠絕對有把握的漏洞先攻陷對方的伺服器，然後再安排下一步動作吧，那是對付吳越霸王、wufeifan他們才用的辦法，自己現在可是負責給對方檢測安全漏洞的，自然就得把從外到內的漏洞都給對方檢測出來才對。

「問題是，外部檢測不到什麼漏洞啊！」劉嘯有點拿不準主意，他不想把自己所有的招數都暴露出來，但同時他也想儘快混進那個小辦公區，拿到藍勝華他們就是wufeifan的證據。或許現在這些安全檢測的工作，就是藍勝華所說的考驗呢。

劉嘯在自己的位子上來回權衡著，過了差不多半個小時，他才拿定主意，決定冒險賭一把，他要先拿下這台伺服器的控制權，然後對它進行一番詳細的內部安全檢測，最後分析出它外部為何如此安全的原因。

劉嘯從網上下載了一個工具，這是他根據踏雪無痕的入侵手段製作的一個工具，可以無聲無息地穿過現有的所有防火牆，瞬間攻入對方的系統之內，而且不會被發現。劉嘯看周圍的人都在忙，沒人注意自己，就快速在工具上填好那個要檢測的ＩＰ位址，然後發動了攻擊。

踏雪無痕的方法真是百試不爽，只幾秒鐘的時間，劉嘯便進入了對方的系統之內，劉嘯迅速鍵入命令，準備檢視對方伺服器目前的狀況。

很快，資訊送了回來，對方的伺服器目前處於無人看守狀態，那個登陸的管理員帳號，已經好幾個小時沒有任何操作指令了。

劉嘯大為放心，選中自己要上傳的檢測工具，就準備傳過去。

剛要點擊確定，劉嘯的餘光一掃，剛好瞄到了從藍勝華那裏拿回來的那個檔案夾，此刻放在最上面的，是對方的那份檢測授權書。

劉嘯突然發覺文件上好像有一處不對勁，於是暫停行動，伸手把那份文件拿過來又仔細看了一遍，還是覺得有一個地方有問題，但具體是哪裡卻又說不上來。

劉嘯只得逐項檢查那份檔案，當讀到對方提供的伺服器名稱時，劉嘯一下反應了過來，就是這裏不對勁，劉嘯調出自己剛才對那伺服器的檢視資訊，果然，兩個伺服器的名稱確實不一樣。

「不會吧！」劉嘯不解，難道是對方一時疏忽，把伺服器名字寫錯了，還是對方授權給軟盟之後，又修改了伺服器的名稱？可早上自己去核實的時候，為什麼對方提供的還是這檔上的名字呢？

劉嘯這下有點慌了，既然不是對方的錯誤，難道是自己入侵錯了伺服器不成？

劉嘯迅速在對方的伺服器上又鍵入一個命令，回傳的消息差點把劉嘯給震懵了，這伺服器的ＩＰ位址竟然和授權書上的ＩＰ位址大相徑庭，沒有任何的相似性。

劉嘯使勁地敲了敲自己的腦袋，有點反應不過來，就算是自己入侵錯了，也不會錯得如此離譜吧，ＩＰ位址錯上一兩個數字那還可以理解，誰都會有疏忽的時候，但自己也不至於把兩個完全不同的ＩＰ位址搞錯吧！

劉嘯看了一下工具上的攻擊記錄，攻擊目標的ＩＰ位址並沒有填錯，完全是授權書上的ＩＰ位址，但現在這個陌生的伺服器和ＩＰ位址又是從哪裡冒出來的，難道自己製作的工具突然之間發瘋了，還會聲東擊西了不成？

此刻，劉嘯的心一陣狂跳，這種詭異的局面讓他感覺到很不安，他快速地在伺服器上翻看了起來。當他在對方的桌面上看到一個工具的名字時，劉嘯的臉色頓時一白，快速清除了自己的攻擊日誌，然後撤出了那台伺服器。

關掉電腦，劉嘯直奔洗手間而去。

一路上，他的臉色慘白至極，他怎麼也想不到，自己錯誤侵入的那台伺服器，竟然會是一台軍方的通信伺服器，負責軍網和軍方下屬軍工科研單位的消息傳遞轉換，這可是機密通信伺服器啊，不是誰想入侵就敢入侵的。

冰冷的水刺激著劉嘯的面部神經，劉嘯才慢慢地冷靜下來。

想不通啊想不通，自己明明是對一家電子技術研發企業的伺服器進行安全檢測，而且還是經過授權的，自己的操作沒有一絲一毫的錯誤，為什麼殺了過去，對方的伺服器卻搖身一變，成了一台根本不會得到授權的機密通信伺服器呢。

劉嘯以為自己攻擊的是一台經過授權的伺服器，所以一點防護措施也沒有，幸虧是踏雪無痕的入侵手段高明，所以對方伺服器上的反間諜程式並沒有報警，否則的話，自己現在就得像邪劍當年一樣，解釋也解釋不清，只能流亡海外了。

想到邪劍，劉嘯突然心中一凜，記得上次「南帝」龍出雲來封明時曾經提起過，三年多前，老大和邪劍兩人約定要比出個高低，看誰能先從指定的一台伺服器上成功竊取到資料，結果大意的邪劍以為那伺服器不過是台普通伺服器，因此不做任何防護措施就攻了上去，最後不得不流亡海外。

邪劍當時的對手是老大，而自己現在懷疑的wufeifan，也和老大有極大的關係；邪劍攻擊的普通伺服器，最後變成了機密部門的伺服器；現在自己進行安全檢測的對象，也是莫名其妙就成了機密通信伺服器。

兩件相隔了三年多的事情，竟然是如此地相似，事件的相關人都有老大，而事件的變數都是普通伺服器突然變成了機密伺服器，這其中難道就沒有什麼蹊蹺之處嗎？

讓攻擊的目標變成另外一台伺服器，這在技術上並不難實現，劉嘯自己也能辦到。只需事先拿下那台目標伺服器，然後在這伺服器上做下手腳，讓所有發送到這伺服器的資料全部轉發到機密伺服器。

如果做得很細心的話，攻擊者根本不會發現這其中的異常，它和機密伺服器一樣，都會以為自己是在和那台目標伺服器相互傳送資料，渾然不知自己已經上了「資訊二手販子」的當。

「是誰在那電子技術研發企業的伺服器上做了手腳呢？他又為什麼要這麼做呢？」劉嘯這麼問自己，其實他心裏很明白，最大的嫌疑就是老大他們，只是劉嘯不懂老大他們這麼做的目的何在。他們先是拿奢華的生活誘惑自己在前，再由藍勝華暗示自己可以進「核心層」在後，最後是隔三岔五地表揚自己，難道這一切都是假的，是在迷惑自己不成？

劉嘯此時有點明白過來了，正如自己前面所分析的那樣，wufeifan是個睚眥必報的人，他從來都沒有停止過對自己的報復行為，舉報誣陷不成，便生出栽贓之計。

可恨的是，自己居然這麼天真，竟然被他們這些天連環的示好拉攏迷惑住了，以為自己很快就可以接近對方的核心層。可笑的是，三年多了，他們的手腕一點都沒變，還是那兩把老刷子，當年他們是這樣害了邪劍，現在便以為如此也能將自己拿下。

「媽的！」劉嘯發瘋似地砸著牆，拳頭都砸出了血，心中的鬱悶卻絲毫沒有減少，他擰開龍頭，讓冷水沖著自己手背的血跡。

劉嘯看著鏡子裏的自己，恨恨地咬著牙，「不行，絕不能就這樣算了！」

自遭遇wufeifan以來，劉嘯還從來沒有輸過，這次也一樣，他不想輸，所以，他決定再冒一次險，他不想再等什麼機會了，也不想抓什麼實實在在的證據，就這一次，他要把wufeifan徹底置於死地！

「不是他死，便是我亡！」劉嘯轉身出了洗手間！

一出來，剛好碰見分派工單的那人，劉嘯的樣子把那人嚇了一跳，「劉嘯，你這是怎麼回事？手怎麼了？」那人倒是非常地關切，立刻就想看劉嘯的手。

劉嘯護住手，「沒事，地上有水，滑了一跤，你去找人把洗手間的地板拖一下，別讓後面的人也給摔著。」

「你手沒事吧，看著好像挺嚴重的，要不你去看看醫生吧？」那人似乎有點不放心。

「沒事，就是磕了一下，破了點皮，我抽屜裏有ＯＫ繃，還有雲南白藥，你就放心吧！」劉嘯擺了擺手。

「那我找清潔人員去了！」那人又看了一眼劉嘯的手，這才轉身忙去了。

回到座位，劉嘯從抽屜裏翻出幾片ＯＫ繃，貼到了傷口處，然後試著在鍵盤上敲了幾下，一股鑽心的疼就從手背上蔓延開來，疼得劉嘯額頭上頓時沁出一層細汗。

「奶奶的！」劉嘯咬著牙，朝傷口處吹了幾口氣，然後彎身按下電腦的電源鍵，現在自己就是疼死也得拼了。

電腦啟動的這會兒工夫，劉嘯又把那份授權書看了一下，此時他才注意到這份授權書下面的日期，那家電子企業授權軟盟進行安全檢測，居然是兩個星期前的事情了。

「兩個星期，兩個星期……」劉嘯心中不住地苦笑，兩個星期前收到的業務，怎麼會等到今天才給自己派下來，難道公司是人手不夠，排不開？

呸！大飛還天天閒得打遊戲呢，而自己之前竟然瞎了眼，這麼明顯的失誤都沒看出來，對方處心積慮地準備了兩個星期，迷惑了兩個星期，就是要消除自己對這個奇怪ＩＰ的懷疑。

現在既然知道是怎麼上當的，那劉嘯就有辦法繞過他們給自己設置的欺騙陷阱，順利地登陸到原本屬於那家電子企業的伺服器上，劉嘯要從這台伺服器上找到wufeifan他們入侵的手段和方法，搞清楚這台伺服器的詳細資訊，之後他還要給wufeifan他們挖一個同樣的坑，對方是怎麼讓自己跌進去的，自己就怎樣讓對方跌進去。

一天的時間顯然有些不夠，wufeifan他們入侵這台伺服器，並在這台伺服器上做手腳，肯定是很多天以前的事情了，劉嘯要從那台伺服器上紛繁複雜的資料裏找到對方的痕跡，已經是不容易，何況還要從這些資料裏分析出對方的攻擊手段，那無異於是大海撈針了。

但劉嘯必須這麼做，也只能這麼做了，他要賭一把，能不能徹底搞定wufeifan，就在此一舉了，既然是賭，那自然就是九死一生，險中搏命了。

劉嘯把那台伺服器上的所有資料記錄全部弄了過來，幸運的是，他發現那幫人給自己挖陷阱是在幾個小時之前，看來他們也怕伺服器異常時間太久，把自己給暴露了。但這樣一來，無異是幫了劉嘯一個大忙，他們挖陷阱是在半夜，而現在不過是剛上班沒多久，這段時間不是工作時間，所以伺服器產生的訪問資料非常少，這樣就少了很多的麻煩，因為沒有其他的資料來干擾劉嘯的視線。

劉嘯很順利地揪出了wufeifan入侵時的痕跡，他要做的就是對這段資料進行分析，確定對方是靠什麼方法入侵進來的。為了讓自己的分析有目的性，劉嘯把自己的檢測工具全都上傳到了那台伺服器上，他要知道那台伺服器到底存在哪些漏洞。

如果自己無法從資料上分析出對方的入侵手段，那就只能對這些漏洞統統發起攻擊，看到底是針對哪個漏洞的攻擊，才會產生相似的資料，這樣一來，也算是可以基本確定出對方的攻擊手段，但有一點碰運氣的成分，有時候，很多不同的攻擊方式，也會產生非常相似的資料。

全公司的人都被劉嘯今天的反常舉動給搞納悶了，平時也沒見劉嘯這麼拼命啊，手都磕破了，卻還在電腦前一個勁劈哩啪啦地敲鍵盤，中午吃飯的時候，平時最積極的劉嘯居然動也不動，坐在電腦前盯著滿螢幕的字元，也不知道他在找什麼，看那表情，就好像這堆字元裏藏了金子似的。

最後還是接待美眉給劉嘯買來了中飯，趁沒人注意，偷偷摸摸地跑到劉嘯旁，「喂，劉嘯，你今天怎麼了，用不著這麼拼命吧，趕緊吃點東西！」

劉嘯抬起一隻手，示意她不要說話，他此刻的分析已經到了最關鍵的時刻了，離找到真相就差一步了。

「你不會是生病了吧！」接待美眉伸手朝劉嘯額頭摸了過去。

誰知手剛碰到劉嘯的額頭，劉嘯就從椅子上蹦了起來，「他奶奶的，終於被老子搞定了！」

劉嘯這猛一起身，把接待美眉嚇得不輕，以為劉嘯哪根神經不對了，往後退了兩步，緊張地看著劉嘯，「你……你想幹什麼？」

劉嘯得意地看著螢幕，伸了伸腰，這才將目光收了回來，瞥見了一旁的接待美眉，問道：「咦？你怎麼跑我這兒來了？我怎麼覺得你看我的眼神有點怪怪的。」

接待美眉此時徹底傻掉了，回過神來，又伸手摸了摸劉嘯額頭，一臉納悶，嘴裏喃喃道：「沒發燒啊，難道是魔怔了？」

劉嘯笑著看那接待美眉，「你摸我額頭幹什麼，我又沒發燒！」

「沒事沒事！」接待美眉連連擺手，她被劉嘯的反常弄得心裏直發毛，「我給你送中飯來的，趕緊吃吧，我先回去了！」說完轉身就走，一刻也不敢在劉嘯這裏待了。

「中飯？」劉嘯瞥了瞥電腦上的時間，才發現早已過了吃飯的時間，這才意識到自己之前可能是太專注了，於是對接待美眉的背影大聲道：「謝謝你了，晚上我請你吃飯啊！」說完就坐在椅子上開始猛吃起來。

那接待美眉一聽，逃也似地跑回自己的前臺去了。

吃完飯，大家都陸陸續續回到了自己的位子上，準備下午的工作。劉嘯此時卻坐在自己的電腦前深呼吸，找出了wufeifan他們的攻擊手段，便到了最後的關鍵時刻，因為劉嘯準備再次入侵那台機密伺服器，在那台機密伺服器上開個口子，給原本沒有漏洞的伺服器製造個漏洞。

機密伺服器，安全等級本來就非常高，而且還有人專門負責看管把守，就是超級駭客，也不敢說自己就能百分百入侵成功，即便是入侵成功，也很難保證不被發現。劉嘯早上稀裏糊塗入侵進去，能夠全身而退，已經是僥倖不已，他現在居然還要再進去一次。

更離譜的是，他還要在已經非常安全的伺服器上開個口子，準備放wufeifan進去，難度之高，可想而知，估計只有瘋子才敢這麼想。要知道，機密伺服器的管理員也不是傻子，一旦被對方發現，追蹤程式立刻啟動，憑藉著軍方的強大資源，要找個人出來，簡直是易如反掌。所以邪劍當年連解釋都沒有，直接先逃了再說。

劉嘯把工具又全部檢查了一遍，不能有一絲一毫的差錯。

「希望這次也能成功！保佑我吧！」劉嘯做好跳板，這次他直接填上那個機密伺服器的ＩＰ位址，然後發動攻擊，意外的是，工具卻一點反應都沒有！

「怎麼回事？」劉嘯有點心虛，不會是早上的攻擊被發現了吧，那這軍方的高手也太厲害了，只短短幾個小時的時間，便找出漏洞並進行了修補。

但回過頭再一想，劉嘯又覺得這種可能太小，自己明明就沒有驚動對方，而且通信伺服器資料量那麼大，對方就是發現，也不可能這麼快就修補好了。劉嘯覺得很可能是自己的跳板被那伺服器給遮罩了，這種機密伺服器有著嚴格的訪問限制，不是誰都能訪問到的。

為了證實自己的猜測，劉嘯去掉跳板，用自己的電腦向機密伺服器發去刺探消息，結果也是有去無回，但劉嘯向那個電子企業的伺服器發去消息，卻發現自己的刺探消息不僅成功被轉送到了機密伺服器，而且回傳的消息也證實了這點。

劉嘯終於弄明白了，這個電子技術研發企業的性質應該是個軍事科研單位，所以他的伺服器就能訪問到機密伺服器，那台機密伺服器上並不在軍網之內，它打開的那個奇怪的埠，或許便是用於在軍網和這些軍工企業之間進行機密通信用的。

如此說來，wufeifan為了陷害自己，還真是下了不少的工夫，所有的環節都是缺一不可，能把這麼多條件湊在一起，還真不容易。

劉嘯冷哼一聲，在自己的攻擊工具上填了那個電子企業的伺服器ＩＰ位址，攻擊成功之後，劉嘯再次入侵到了那台機密伺服器裏面。

和早上一樣，劉嘯首先查看了伺服器的狀況，發現那個管理員曾經活動了一段時間，但並沒有發現自己早上的入侵。

劉嘯這才放了心，趕緊上傳早已準備好的工具，這也多虧了wufeifan他們給自己做好的中轉站，機密伺服器一直都認為自己是在和電子企業的伺服器進行資料交換，所以沒有監測到資料的異常。

所有的動作都是由劉嘯事先弄好的工具自動完成的，不過幾秒鐘的時間，劉嘯看工具執行完畢，發了個消息測試了一下，確定無誤，便不敢耽擱，趕緊清除了自己的腳印，退出了那機密伺服器。

劉嘯靠在椅背上喘了口氣，總算是搞定了，過程還算順利。劉嘯又回到那電子企業的伺服器上，修改了wufeifan他們的設置，便算是挖好大坑，只等人往裏跳了。

劉嘯坐在椅子上幻想wufeifan上當後的情景，這心裏的火也去了個大半，自己一個人坐在那裏暗自高興。

「劉嘯，樂啥呢？」有人從後面拍了拍劉嘯的肩膀。

劉嘯回頭去看，是派工單的那人。

劉嘯一直不知道這人姓甚名誰，只好道：「沒什麼，就是想起個好笑的事。」

「剛才我出去辦事，路過藥局，順便給你帶了點藥。」那人說著，把一個小塑膠袋放在劉嘯桌上，裏面有新買的OK繃，還有一些消炎止痛的藥。

「謝謝你，太麻煩你了！」劉嘯趕緊起身道謝，能碰見這麼熱心的同事，真是不容易。

「別客氣！那你忙，我去那邊看看！」那人笑呵呵地走了。

劉嘯把原本的OK繃撕掉，準備換上新的，結果左找右找，放在腳邊的廢紙簍不見了，就想先找張紙把舊的OK繃包起來，等會兒再扔掉，隨手在桌上一翻，看見了那張工單，頓時一拍腦袋，「壞了！自己怎麼把這事給忘了！」

當下劉嘯也顧不上貼新的ＯＫ繃了，拽過鍵盤，又開始劈哩啪啦地敲了起來。

他把陷阱都挖好了，卻忘了在陷阱上放個誘餌，這個誘餌便是藍勝華他們今天派給自己的活，那份安全檢測報告。

下午快下班時，劉嘯總算是弄好了，匆匆整理出順序，也顧不上檢查一遍，直接就帶著這份安全檢查去了小辦公區。

敲開門，劉嘯把那份安全檢測報告往藍勝華桌子上一放，「這是今天的檢測報告，還有，這是早上從你這裏拿走的資料，現在一併還給你！」

「都弄好了？」藍勝華笑呵呵地看著劉嘯。

「今天的這台伺服器還真不好弄，差點愁死我，不過最後還是讓我給搞定了！」劉嘯笑著。

「放著吧，我待會兒就看！」藍勝華笑意更盛，「該下班了，你就先回去吧。」

劉嘯打了個招呼，出門收拾好自己東西，就離開了軟盟。

等他一離開，藍勝華這才慢悠悠地翻開了劉嘯的檢測報告，只掃了一眼，便頓時失色，「不對啊，這是怎麼回事？不可能啊！」

一屋子人都看了過來，不知道藍勝華這是怎麼了。

坐在角落裏的老大皺了皺眉，開腔問道，「老藍，發生什麼事了，別一驚一乍的，把話說清楚！」

「這小子給咱們的，根本就不是那台機密伺服器的檢測報告！」藍勝華將報告甩在了桌子上，「而是那家電子技術研發企業的伺服器安全報告！」

屋子裏的人全懵了，他們的第一個念頭就是，自己這兩個星期白忙活了，又是撒魚餌，又是拉大網，本錢沒少下，苦力也沒少出，到最後餌被吃了，魚卻跑了！這劉嘯也太厲害了吧，竟然沒有被繞到那機密伺服器上去，可他是怎麼識破這迷魂陣的呢。

劉嘯此時已經下樓攔到了車，他心裏想的就是趕緊回家去，給踏雪無痕發條消息，告訴他，自己真心的謝謝他，沒有他，自己今天可能就遭了別人的暗算，更不可能反過頭來去「暗算」別人。

回家一看，發現還是沒有監控到Timothy的訊息，劉嘯便趕緊開了ＱＱ，給踏雪無痕發去消息。

等了好一會兒，卻沒有收到回覆，也不知道踏雪無痕最近在忙些什麼，自上次海城事件後，他就很少露面，劉嘯給他留的消息，往往得好幾天之後才能收到回覆。

劉嘯嘆了口氣，看來這次也一樣，踏雪無痕短時間內是不會上線了。劉嘯只好站起身來，到洗手間把自己受傷的手洗乾淨，傷口處重新上了點藥，處理了一遍，這才關了電腦的顯示器，出門覓食去了。

走到樓下，劉嘯突然想起一件事情，如果自己的估計沒錯，wufeifan今天晚上必定會再入那電子企業伺服器去修改設置，此時他們就會誤入軍方的機密伺服器，機密伺服器隨即報警，啟動追蹤程式。

如果軍方的追蹤效率夠高，應該很快就能追蹤到軟盟來，但這畢竟也需要一段反應的時間，如果wufeifan也跟當年的邪劍一樣，在這段時間內潛逃了，那自己今天這一天不是白忙活了嗎？

「奶奶的！」劉嘯咬咬牙，也不知道他們現在行動了沒，劉嘯掏出電話，決定給黃星發個消息，提醒他，讓他們早做準備。

可號碼都找出來了，劉嘯卻又拿不定主意，自己就這麼去通知黃星，會不會把自己給推到了浪尖上？萬一中間有個差錯，wufeifan屁事沒有，自己栽進去也就算了，不要反把黃星也搭進去才好。

但劉嘯又實在不願意看到wufeifan繼續逍遙法外，最後一跺腳，還是撥通了黃星的電話。

「黃星大哥，長話短說，請你現在馬上聯繫IP位址為60.200.10.30的管理員，這對你來說應該不難，這台伺服器可能即將遭到入侵！」

黃星接起電話，還沒反應過來呢，劉嘯就劈哩啪啦一頓說，但一聽到那個IP，黃星就知道不妙了，他對這些機密伺服器的位址是瞭若指掌，急忙問道：「你怎麼知道的？」

「這你就別問了，沒時間解釋了！我想告訴你的是，是wufeifan要入侵這台伺服器！」劉嘯頓了一頓，「你知道該怎麼辦的！」

黃星一愣，便明白了劉嘯的意思，沉吟幾秒，「你能確定？」

「我只有八成把握！」劉嘯嘆氣，「賭不賭看你自己！」

「好，事不宜遲，我這就去準備！」黃星都要掛電話了，又道：「你……是不是已經知道wufeifan在哪裡了？」

「海城，軟盟科技！」劉嘯很肯定地說，他打這個電話的目的，就是不想讓wufeifan跑掉，反正自己已經和他們賭了，就不怕把賭注再下大一點，如果事情出了差錯，自己一力承擔便是，絕不會拖累黃星。

「謝謝你了，劉嘯！」黃星說完，立即掛了電話。

劉嘯收起電話，也沒心情吃飯，回身又上了樓，隨便煮了點冷凍餃子吃，吃完回到電腦跟前，卻意外發現踏雪無痕給自己回覆了。

「你小子有毛病了，莫名其妙謝我幹什麼？」踏雪無痕弄不清劉嘯突然之間給自己發感謝的話是什麼意思。

劉嘯解釋道，「今日一個死對頭設下圈套，騙我誤入了一台軍方設在外網的機密通信伺服器，還好我用的是你的手段，這才沒被發現。我反手在那台伺服器給對方下了套，現在正等著他上鉤呢。」

「有這事？」踏雪無痕有點意外，隨即又發來消息，「不過你小子還行，路子像我，換了是我，被人涮了，我肯定也得反手擺他一道。」

「不過，你小子技術也算是可以的，怎麼會被人騙了呢？」踏雪無痕還是依舊很冷靜，「那你可得把活做細點，能騙你的人，技術肯定也不錯，別弄不好再被對方反涮一把。」

「管不了那麼多了，我就賭這一把，不是他死，便是我亡！」

劉嘯這也是無奈之舉，被wufeifan逼到了這地步，本以為是自己的偽裝做得好，已經成功騙過了藍勝華，就快混進他們的內部了呢，誰知這一切卻是敵人用來迷惑自己的假象。這真是聰明反被聰明誤，劉嘯有點惱怒成羞的意思，要是自己被對方連涮兩次，那自己不如直接撞死算了。

踏雪無痕發過來個笑臉，道：「行，這事我知道了，回頭我也去關注一下，看能不能湊個熱鬧，呵呵。」

劉嘯納悶，踏雪無痕的話總是這麼奇怪，而且不著邊際，他根本不清楚是怎麼回事，能湊什麼熱鬧呢。

劉嘯搖搖頭，準備給踏雪無痕回個消息，告訴他自己能搞定。晃了一下滑鼠，卻感覺電腦的反應有點遲鈍，雖然只是一瞬間的感覺，但劉嘯的腦海裏頓時蹦出兩字：「不好！」

踏雪無痕每次跟自己聊天，後面緊跟著的必定就是入侵，劉嘯趕緊調出當天的網路狀況，掃了一眼，沒有發現任何異常的地方。

劉嘯抽了自己一個嘴巴，自己把警報器還有分析網路資料的工具都給撤到網上去了，現在僅靠系統的這些顯示想揪住踏雪無痕的尾巴，無異於是癡人說夢。

「你似乎在監控一個人啊！」踏雪無痕的消息就發了過來。

劉嘯一看，就在這一愣神的工夫，自己電腦的桌面上就被貼上了一面「佔領」的軍旗，劉嘯苦笑不已，這都不知道是第幾面旗子了。

「這次不算，你小子電腦上的那些防護追蹤的工具似乎都不在！」踏雪無痕很快就發現了這個問題，繼續發來消息，「不過，你為什麼要監控Timothy呢？他不會就是你說的死對頭吧？」

劉嘯傻眼了，「師父你也知道Timothy？」他心中震驚不已，踏雪無痕僅僅是看了一下自己監控工具的設置，便知道自己是在追蹤Timothy，這也太誇張了吧。

「Timothy，駭客組織RE & KING的前成員，半年多年前脫離組織，三個月前又潛入中國境內，按說你不可能和他有什麼恩怨吧！」踏雪無痕也是納悶至極，「這小子是偷偷摸摸進來的，生怕別人知道，所以他絕不會去招惹你的。」

「師父你還知道些什麼？Timothy此刻人在哪裡？」劉嘯的腦袋被雷擊了，他算是徹底服了，這個世界上似乎還真沒有踏雪無痕不知道的事情。

「我是知道Timothy在哪裡，不過我還沒弄清楚這小子潛入國內的目標是什麼，所以我還不能告訴你。好了，我有事先走了！」

「先別走，我還有事要問你呢！」劉嘯知道踏雪無痕說走便走的風格，趕緊發消息攔人。

盯著螢幕等了半晌，劉嘯嘆了口氣，看來踏雪無痕已經走了，劉嘯喝了口水，開始從網上下載工具，準備去分析踏雪無痕剛才送進來的資料。

此時電腦突然「嘀嘀」響了兩聲，踏雪無痕的頭像又閃了起來，劉嘯趕緊點開消息去看，「難道我也有看走眼的時候？」

「呃……」劉嘯撓了撓頭，這話是什麼意思呢，急忙回覆道：「什麼看走眼了？你把話說清楚啊，我怎麼越來越糊塗了！」

消息發出之後，便杳無音信，這次劉嘯足足等了半個小時，踏雪無痕的頭像也沒有絲毫的變化。

「到底是什麼看走眼了呢？」劉嘯捏著下巴，把今天的聊天記錄看了幾十遍，也沒明白踏雪無痕的意思。

「看來我們這次看走了眼，這小子還不是一般的厲害啊！」店小三把報告往桌子上一扔，「老大，現在怎麼辦？」

此時已經是夜裏十點多了，軟盟所在的大廈已經人去樓空，只有軟盟的那間會議室還亮著燈，「包間」裏的那二三十號成員居然都在，他們圍著桌子而坐，桌子的中央，便是劉嘯今天提交的那份檢測報告。

老大坐在那裏，沒吭聲。

藍勝華咳了兩聲，道：「我認為劉嘯並沒有識破咱們的手段，只是他在檢測的過程中，意外發現了資料被中轉的事實，於是採用技術手段，繞過了這個陷阱，直接侵入了要做檢測的那台伺服器。」

「難說啊！」店小三冷哼了一聲，「我看這個劉嘯絕不簡單，他的心機非常深。我認為這小子已經知道上次發匿名舉報信的事情是我們做的，所以他才突然肯來軟盟了，他的目的就是想抓到實在的證據，然後置我們於死地。說不定這小子還知道wufeifan就在軟盟呢！」

「你這是什麼意思？」藍勝華斜眼冷冷地看著店小三，「小三，你是不是不相信我？」

「我可沒那麼說，是你自己心裏這麼想的！」店小三又是一聲冷哼。

藍勝華當即拍桌子站了起來，「我忍你很久了……」

「都坐下！」老大此時突然發話了。

# 第九章　人贓俱獲

黃星拍拍劉嘯的肩膀，「我接到你的消息後，就讓那伺服器的管理員按兵不動，只等他們一來攻擊，我們便立即動手，誰知他們二三十號人全部都待在軟盟，被我們的人全數抓獲，這就叫人贓俱獲！哈哈！」

藍勝華恨恨地看了一眼店小三，這才坐了下去，他知道店小三不滿自己很久了。兩人是同時進入軟盟的，技術上，店小三略勝一籌，但藍勝華辦事穩重，被老大提拔做了技術總監，店小三對此很不滿，而且他把藍勝華安排自己去幹活看作是對自己吆五喝六，所以一直和藍勝華面合心不合。就是上次劉嘯來軟盟的面試，也是藍勝華喊店小三去做的。

「從劉嘯嘴裏刺探消息，是我安排老藍去做的，我相信老藍的判斷，劉嘯不知道發匿名舉報信的事是我們做的，他來軟盟只是走投無路之舉。之所以放他進來，原因我早已講過，是為了更好地控制和消滅他。」老大掃視了一下眾人，「換句話說，即便是劉嘯什麼都知道了，我依舊會放他進來，原因還是那個原因。我們這個組織成立有兩年多了，大風大浪多少次，可到最後全都是安全過關，靠的是什麼？靠的是我們兄弟同心，同舟共濟。如果現在僅僅是劉嘯這麼一個愣頭青便能把我們嚇得四分五裂，那我們不如趁早散夥算了！」

老大的口氣非常嚴峻，可見他心裏的怒氣。

店小三和藍勝華知道老大這是在說自己，還是藍勝華主動，一咬牙道：

「小三，剛才是我不好，我給你道歉！」

店小三也趕緊順著臺階下，「老藍哥，全是我的錯，我不該懷疑你！」

老大臉色稍微緩和，「我不管劉嘯知不知道，知道多少，我只曉得，我們從來就沒有怕過誰，也沒有誰能整垮我們，和我們作對的人，現在不是銷聲匿跡，便是進了大牢，劉嘯也不會例外。他現在越能蹦躂，將來就會死得越難看。」

「老大，那現在怎麼辦？」店小三有點著急，「我們不能老這麼坐著吧！」

「小三，你先去把我們在那電子企業伺服器上的設置修改掉，免得時間久了露出馬腳。」老大頓了頓，「至於劉嘯究竟為什麼會避開我們的陷阱！老藍，你明天去探探口風，然後我們再制定下一步的計畫！」

店小三和藍勝華對老大的這個決定，都很滿意，齊齊站起來，道：「好，就這麼辦！」

「小三，你等等！」老大又叫住了店小三。

「老大，你還有事？」店小三回身看著老大。

老大的臉色晴了又陰，陰了又晴，最後道：「小心為上，你到劉嘯的電腦上，用他的電腦去登陸那電子企業的伺服器！」

店小三應了一聲，「還是老大考慮得周全，要是劉嘯這小子敢搗鬼，第一個倒楣的就是他自己！」其他人也都不是傻子，立刻就明白了過來，紛紛誇老大英明。

店小三出了會議室，到小辦公區拿了自己的工具，便奔劉嘯的電腦而來。打開電腦，直接就發動了攻擊，和前幾次一樣，只是幾秒鐘的時間，他就進入了遠端的伺服器。

「上次修改了哪幾個地方呢？」店小三自言自語了一句，準備修改掉自己上次的設置。

誰知調出那伺服器的系統設置一看，店小三立時傻眼，難道昨天晚上自己忘了保存設置嗎，怎麼一點都沒變啊，怪不得劉嘯這小子今天沒上當，原來這伺服器根本就沒變成中轉站。

「老大，你們過來看看！」店小三以為自己終於找到了事情真相，一邊喊著老大，一邊習慣性地鍵入了命令，查看這伺服器當前的狀態。

「老大，不好了！」店小三看到結果的一剎那，臉色大變，厲聲喊叫著。

那邊的會議結束，一幫人正準備散夥呢，聽到第一聲喊叫時沒當回事，等店小三再大叫時，所有人意識到不對，迅速圍了過來。

店小三站在劉嘯的電腦前，繼續叫喊著：「老大，我們都上了劉嘯的當，我入侵了那台機密通信伺服器啊，伺服器報警了，我們完了！我們完了！」

「你慌什麼！」老大過去一腳將店小三踹倒在地，「你喊那麼大聲幹什麼，生怕別人不知道啊！」

「怎麼辦啊，老大！」店小三被這麼一踹，才有些鎮定下來。

「你小子慌什麼慌！」老大往電腦螢幕上一瞅，「你現在用的是劉嘯的電腦，還躺在地上幹什麼，挺屍啊，趕緊起來幹活！」

店小三一聽，頓時樂了，剛才的事情實在是太突然了，自己一時竟沒回轉過來，自己怕個屁呀，這可是劉嘯的電腦，警報器響就響吧，自己不是剛好要整死劉嘯嗎，眼前就是個大好的機會啊，只需要把屬於自己的痕跡抹掉，然後把劉嘯從電子企業伺服器入侵軍方機密伺服器的「證據」留下，我看他這次還怎麼能解釋清楚。

店小三從地上爬起來，坐在電腦前，準備開工。

誰知他再一看那伺服器，發現已經失去連結，再去找那電子企業的伺服器，竟也找不到。店小三有種不祥的預感，趕緊去PING了一下門戶網站，發現也不通。

「老大，不好，我們的網被切斷了，我們在那電子企業上的修改無法恢復了！」

饒是老大鎮定過人，此時也不由變了色，事情怎麼搞到了這個地步呢。

老大沉吟片刻道：「搞不好我們還真是上了劉嘯的當，算了，我們先撤，一會兒我回去後，試著從家裏再登陸到那伺服器去修改，軍方要追查到那電子企業的伺服器也得一段時間，我會趕在他們之前弄好。至於明天上不上班，大家等我的通知！」

事情不妙，眾人也不敢耽擱了，紛紛朝門口湧去。

「你小子！」老大又一腳將店小三踹倒，「你就不能收拾乾淨了再走？」

店小三慌慌張張爬起來，再次回到劉嘯的電腦前，他往劉嘯電腦上拷的工具都還沒刪呢，電腦也沒關！手剛碰到鍵盤，公司大廳的燈突然亮了起來。

「統統不許動，雙手抱頭，接受檢查！」隨著一聲大喝，門口突然湧進許多荷槍實彈的軍警，剛走到門口的那幾個人，當時就被按在了地上。

店小三此時卻突然鎮靜了下來，他的大腦異常得清晰，雙手飛快地敲擊鍵盤，他得刪掉自己的日誌記錄，不然就真的完了。可就差最後幾下，眼看就要完成，伴隨著一聲「找死」的暴喝，店小三的身子橫橫地飛了出去。

他今天已經是第三次被人踹倒在地了，不過，這次他再也爬不起來了。

劉嘯第二天早上來到軟盟，特意四處看了看，似乎一切都和往常一樣，劉嘯就有點納悶，難道自己失算了，藍勝華昨天晚上沒有行動？劉嘯搖搖頭，這幫人也太膽大了，那電子企業的伺服器被他們當作中轉站這麼長時間，他們就不怕人家發現這其中的不對嗎？

進了大樓大廳，人來人往的，都是些平時經常在這座大樓裏出現的人，劉嘯雖然不認識，但也有些眼熟，不由心裏十分失望，看來是真的失手了。

「叮！」一聲響，電梯到了軟盟所在的樓層，劉嘯整理了一下自己的衣著，等電梯門一開，就邁腿走了出去。

前臺的接待美眉首先出現在劉嘯眼前，劉嘯習慣性地打著招呼，「早啊！」話音剛落，也不知道從哪裡突然閃出兩個軍警，一左一右，各自按住劉嘯一邊肩頭，「不許說話，進去！」

劉嘯呆了一下，然後興奮起來，看來自己沒白給黃星打電話，軟盟外面看起來和往常一樣，但誰知道內部已經被警方控制了呢，只是不知道抓住藍勝華他們沒有。

「樂什麼樂？快進去！」後面的軍警被劉嘯的表情給弄得有些摸不著頭腦，推了他一把。

劉嘯搖搖頭，進了軟盟，那兩個軍警看劉嘯進去，又到一旁埋伏去了。軟盟此時已完全被警方控制，所有的電腦都被查封，平均兩台電腦就有一名軍警把守。還有一些不同制服的人，似乎是技術員一類的，正在對所有的電腦進行技術分析。

劉嘯沒想到黃星會搞出如此大的動作，暗道：「還挺專業的嘛！」

「不許看，到那邊去，請配合！」

劉嘯又被人推了一把，順著軍警指的方向看去，只見軟盟來上班的人都被隔離在休息區和會議室裏，那些人也是一臉的納悶和不安，不斷地往辦公區看來。誰也想不到僅僅是一個晚上，軟盟就變了樣，肯定是出了事，而且是大事，不然不會出動這麼多的軍警；但又不知道是什麼事，於是一邊看，一邊心裏揣測不已。

劉嘯走過去，眾人給他騰出個位子，劉嘯坐了下去，旁邊就是平時派工單的那人。

「劉嘯，這到底是怎麼回事啊？」那人問著，希望能從劉嘯嘴裏知道答案。

劉嘯搖頭苦笑，「我也不知道，剛一出電梯就被按住了。」

「這些人怕是昨天晚上就埋伏好了，我天天都是第一個到公司的，可我一來就是這個樣子。」那人直嘆氣，「真倒楣啊，老老實實上班也能天降橫禍，你至少得讓我們心裏明白吧，什麼也不說，就把我們全按在這裏，算怎麼一回事嘛！」

「不許說話！」一名荷槍實彈的軍警喝道。

劉嘯只好壓低了聲音，道：「沒事，不做虧心事，不怕鬼敲門，放心吧，一會兒肯定會給咱們一個說法的。對了，公司的那些精英呢，我怎麼一個也沒看到？」劉嘯看了看，一個包間裏的人都沒有，不會是這些人都逃了吧。

那人搖頭，「我也納悶呢，按說這個時間，他們也應該來了，可今天真是邪門，一個也沒出現！」那人說到這裏，像是明白了什麼，一副恍然大悟的樣子，「你說，這些人會不會是衝包間裏的人來的？」

劉嘯還沒回答，那人卻在一旁發起了牢騷：

「我早就看包間裏的人不對勁，公司所有的工單都由我經手，一個月能收入多少，除了財務總監，就屬我最清楚了。不是我亂說，就是全公司的錢都被他們拿去，他們也不可能人人都買那麼好的車，這裏頭肯定有問題！」

劉嘯斜看了他一眼，道：「那你早幹嘛去了？我看你們平時為了進那個包間，個個都很積極嘛！」

那人尷尬地咳了兩聲，道：「都是同事嘛，以前也沒往壞處想！」

劉嘯笑笑，不再說話，乾脆坐在那裏閉目養神，等待著事情的進一步發展。

過了差不多兩個小時，事情終於有了變化，那些被技術兵鑒定為安全的電腦，他們的主人可以回到辦公區了，但公司的網路始終處於切換狀態，那些軍警仍不允許公司的員工使用任何通訊設備，就是進洗手間，也得先把身上的手機交出來。

而小辦公區裏的那些電腦，軍警們則在技術員的協調下，直接拆下機箱，全部搬走，這下大家全明白了，問題確實是出在那些公司的精英身上。

休息區的人越來越少，就剩下劉嘯和為數不多的幾個人，這幾個人可沒劉嘯鎮定，此時額頭上都冒出了汗，心裏非常緊張，不知道自己的電腦為什麼沒通過技術兵的鑒定。

中午吃飯時，每個人的飯菜都是被直接送到手上的，軍警們不允許任何人走出公司半步，休息區裡剩下的幾個人，除了劉嘯，其他人都沒動筷子，這半上不下地懸在這裏，哪裡吃得下。

午飯吃完，大門處走進來一個軍官，一看肩膀上的星星，就知道此人是這些人的頭頭，果然，所有軍警齊齊敬禮。

那人還禮道：「情況如何？」

「報告！」一個軍警上前一步，「軟盟登記在冊的員工，除了外地出公差四人，和昨天晚上擒獲的，其餘都在這裏，技術兵正在對他們的電腦進行分析！」

軍官點了點頭，看到劉嘯幾個人，便問：「這是有問題的？」

「是！」軍警毫無表情，冷冷地答道。

軍官看了看手錶，「讓我們的人抓緊分析，還有，留下幾個人控制現場，其餘人準備撤離，地方政府的人就快到了，等他們一到，這裏就交給他們處理，我們的人全部撤離。車就在樓下了，一定要注意，不能引起騷亂。」

「是！」那軍警一個敬禮，轉身開始下達命令，「技術兵繼續分析，一班留下，等待交接，二班控制電梯，三班控制安全通道和樓下大廳，其餘人，撤！」

聲音一落，軟盟裏的軍警立刻動作了起來，軍靴和武器發出嘩啦啦的響聲，不到兩分鐘的時間，除了五六個軍警外，其餘的人全部從軟盟消失了，就像他們根本沒有來過一樣。

那軍官最後看了一眼軟盟，整了整帽子，然後轉身大步出了軟盟，軟盟頓時安靜了下來，一點聲音也沒有。

半個小時後，海城的員警終於來了，在軍警的指引下，他們迅速接手了軟盟的一切，等一切安定下來，所有的人突然發現，那些技術兵和軍警在交接的忙亂中已經消失了影蹤。

還被留在休息區的人，此時被逐一點名，挨個到會議室去接受問詢。

劉嘯等了半天，終於輪到自己。剛到會議室門口，門口守衛的員警卻伸手攔住了他，然後手往旁邊一指，示意劉嘯到隔壁的那個房間去。

劉嘯只得走到一旁，把門一推，發現黃星早已坐在裏面，身旁還坐著一人，奇怪的是，那人身上的制服，劉嘯從來沒有見過，那人的背後還站著一個穿同樣制服的年輕人，面色冷峻。

「他們怎麼進來的啊？」劉嘯心裏直犯嘀咕，自己怎麼就沒看到這幾個人進來呢！

「劉嘯，來，坐！」黃星看見劉嘯，立刻站了起來，走到一旁把門一關，笑道：「你小子這次算是幫了我一個大忙，我是親自過來感謝你的！」

「沒事！不客氣！」劉嘯連連搖頭，眼睛卻盯著屋子裏的另外兩人，揣測著那兩人的身分，那兩人此時也正笑吟吟地看著劉嘯。

劉嘯避開那兩人的目光，問道：「對了，黃星大哥，藍勝華他們呢，抓到沒有？」

「全部當場抓住，一個都不漏！」黃星拍拍劉嘯的肩膀，「我接到你的消息後，就讓那伺服器的管理員按兵不動，只等他們一來攻擊，我們便立即動手，控制了軟盟，還有幾個管理層的家裏，誰知他們二三十號人全部都待在軟盟，結果被我們的人全數抓獲，這就叫人贓俱獲！哈哈！」

劉嘯頓時長出一口氣，他現在終於放心了，自己可是把後半生拿去和wufeifan賭的，如果輸了，此時被警方人贓俱獲的，就會是自己了。

「來，別站著了，坐吧！我給你介紹一下我的同事。不，是我的上級！」黃星拉著劉嘯走了過去，「這位是……」

坐著的那人此時站了起來，「鄙人姓方！」

「方……先生！」劉嘯不知道該怎麼稱呼這個人。

「大家都坐吧，我今天來，是有幾個問題想問你！」那人看劉嘯和黃星都坐下，這才看著劉嘯，笑著道：「你是雁留聲的人吧？」

「呃……」劉嘯奇怪地看著那姓方的，雁留聲是誰，自己根本沒聽說過啊。

那人看劉嘯表情奇怪，呵呵笑了兩聲，「哦，唐突了，可能你都不知道自己組織的頭領是誰吧！要找到你們Wind的人，還真是不容易吶！」

「Wind？」劉嘯這下就實在忍不住了，「你會不會是認錯人了啊？你說的這些我根本都沒聽說過。」

「呵呵！」姓方的連連搖頭，笑道：「你不用急著否認，我們不會拿你怎麼樣的，這點請你放心。只是我很好奇，你們Wind為何這次突然改變了辦事風格，以前我們也曾多次接到你們舉報的線索，但真人實名的舉報，卻是頭一次！」

劉嘯無奈了，聳肩道：「我真不知道你在說什麼，我已經說過了，你說的那些我根本聽都沒聽說過！」

一旁的黃星也有點納悶，自己上司現在說的雁留聲和Wind，自己也沒有聽說過，不知道是個什麼東西。但姓方的是自己的上司，手裏掌握的機密資訊也多，既然說出口，定然不會是亂說的，於是黃星道：「劉嘯，問你什麼，你就照實說，你放心，我們沒有惡意的。」

劉嘯徹底崩潰了，「我劉嘯從來就是有一說一，我說不知道，肯定就是不知道了。」

姓方的那人皺了皺眉，難道自己猜錯了，這小子還真不是Wind的人？應該不會啊，到目前為止，能向黃星這一級的人物直接舉報網路間諜的活動動向的，必定是Wind的人，Wind不允許別人在「自己的地盤」裏搞間諜活動，而且講究效率。

本來聽了黃星的報告，他心中大喜，Wind的人破天荒地直接真名實姓出來提供線索，自己分析了一下，這大概是他們改變了策略，甚至有可能是準備走向明面，接受政府的招安呢。

一想到Wind那強大的情報網，和那些成員高超絕頂的技術，自己根本坐不住，一點也不敢耽擱，推開所有的事情就飛到了海城。誰知自己來了，Wind的人卻死不承認了，這到底是怎麼回事呢？

姓方的仍然有些不死心，「那我再請問你另外一個問題，你怎麼知道有人入侵我們的機密伺服器，還有，你為什麼要舉報他們？」

「因為我們有仇，是『有你沒我』的死對頭。」劉嘯大眼一瞪，這不是明擺著的事嗎，真是多此一問，「我要是不舉報他們，他們就會整死我，或許你們此時要抓的網路間諜，就會是我了！」

劉嘯此言一出，黃星和那姓方的都被嚇了一跳，驚訝地看著劉嘯。

「怎麼回事，劉嘯？」黃星問。

「兩個星期前，有家搞電子科技研發的企業找到軟盟，希望軟盟對他們的伺服器進行安全檢測。昨天，軟盟把這個活派給了我，結果我在檢測中發現，那電子企業的伺服器早就被人做了手腳，成了一台中轉站，所有發送過來的資料都會被轉發到軍方的一台機密伺服器上！」劉嘯頓了頓，「他們是想借此陷害我，讓我背上個不明不白的黑鍋，後來我繞開中轉限制，把那家電子企業伺服器的檢測報告弄了出來。」

看那兩人似乎不明白自己的意思，劉嘯繼續解釋道：

「他們拿到我的檢測報告後，心中一定納悶不已，也肯定會去弄清楚失敗的原因，我料他們必定會再次登陸那台電子企業的伺服器，所以就在那伺服器上動了點手腳，把他們誘到了軍方的機密通信伺服器，現在你們明白了吧？」

「我明白了！」黃星恍然大悟，「然後你就給我打了電話，讓我做準備，只等他們一下手便人贓俱獲。」

劉嘯點了點頭，「事實就是這樣！反正我也豁出去了，只要能把wufeifan抓住，我什麼也不在乎，你們要是覺得我有問題，便把我也一塊抓了吧。」

「沒那麼嚴重！呵呵！」黃星拍了拍劉嘯的肩膀，道：「不過，你是怎麼知道wufeifan在軟盟呢？我們抓了那麼多人，到底哪個才是wufeifan？」

劉嘯看著黃星，「如果我沒記錯的話，上次你告訴我，說舉報我的那個人就是wufeifan！」

「沒錯！追蹤舉報人的工作是我做的，我可以肯定，那就是wufeifan！」黃星點頭。

「其實應該謝謝當時負責這個案子的海城專案組，你一定想不到，我們這些技術人追蹤多年卻一直抓不到的wufeifan，最後竟會被一幫門外漢給揪了出來。」劉嘯想到這裏，便笑了起來，「我一想起來就覺得好笑，專案組這幫人不懂技術，又得不到網監的支持，於是就想出一個辦法，把物證鑒定的工作委託給軟盟去做，他們本想著是趕緊把案子做實了，誰知我乾乾淨淨的電腦，卻被軟盟鑒定為作案元兇，這才讓我想到wufeifan可能就在軟盟。除了wufeifan，我想沒有誰會存心誣陷我吧！」

黃星意外至極，「這事你怎麼不早說啊！」

「我本想進了軟盟後，伺機找出wufeifan，但進去之後，我才發現軟盟存在很大的問題，我不得不改變策略，準備混進他們的核心層。誰知道他們在放我進軟盟之時，早就定好了再次陷害我的計策。」劉嘯搖了搖頭，「後來的事，你也知道了！」

「原來是這麼回事！」黃星終於弄清楚了事情的來龍去脈，心中暗暗稱奇不已，這確實算得上是奇事一樁，大名鼎鼎的wufeifan，網監集全國精英之力也沒能找到他，誰知最後卻在幾個外行手底下現了真形。

姓方的那人聽完劉嘯這話，卻是臉色變了幾變，如此看來，自己還真是估計錯了，這個劉嘯還真不是Wind的人。

姓方的站了起來，把帽子扣好，道：「既然是個誤會，那我就先走一步了。不過，我還是謝謝你對網路安全做出的貢獻。」

那人一敬禮，便要走，黃星站起來請示道：「那這裏的事情……」

「由你來全權處理！」姓方的說完，和他背後那年輕人一齊出門而去。

「黃星大哥，那人是什麼人啊？」劉嘯看那人出了門，這才問道。

「反正是管我的！」黃星打了個哈哈。

「他先說我是雁留聲的人，又說我是Wind的人，這到底是怎麼回事？」

黃星搖搖頭，「我也是第一次聽說這兩個名字，其實我也挺納悶，按說他平時不這樣啊，如果不是有十足的把握，他是不會隨便亂說的。你真的沒聽說過那兩個名字？」黃星懷疑地看著劉嘯。

「我已經說好幾遍了！」劉嘯站了起來，「我不想再解釋這個問題了！如果沒別的事，我就先走了！你有和我磨嘴皮子的時間，不如趕緊去搜集wufeifan他們的證據。人抓住是一回事，要讓他們認罪又是另外一回事！」

「你小子還長脾氣了啊！」黃星笑著搖頭，「得，你去吧，wufeifan那邊你放心，我會找到證據，讓他們認罪的！」

劉嘯剛走兩步，黃星又開始叫了，「等等，你還沒告訴我，到底哪個才是wufeifan！」

「我也不知道，或許他們都是，或許只是其中的一個，這得靠你自己去弄清楚了！」劉嘯搖頭，他也確實不知道，但人肯定是沒抓錯的。

出來時，其他幾個和劉嘯一起被檢測出有問題的人早已問詢完了，統統沒事，各自回到了自己電腦前。劉嘯坐到自己位子沒多久，就看見黃星走出那間屋子，朝公司門口走去，之後便再也沒有出現。

下班的時候，海城的員警終於肯放大家出門了，但要求大家明天必須按時上班，電話廿四小時保持開機，警方會隨時找任何人進行問詢和取證。

「得！」劉嘯苦笑，警察成老闆了，也不知道這公司到底是誰家開的，不過話說回來，公司出了這麼大的事，作為董事長的龍出雲，即便是再閒雲野鶴，也該出面了吧！劉嘯現在就等著龍出雲趕緊回來，他一接手，自己也就該從這個地方撤退了！

# 第十章　駭客聖殿

「軟盟完成了舊的使命，便也是新使命的開始。我畢業的時候，第一選擇便是進入軟盟，因為這裏是駭客的聖殿，這裏聚集了全國半數以上的最優秀駭客，是中國駭客的驕傲，我不容許中國駭客的精神被販賣！」

第二天大家來上班，發現員警全都撤走了，公司的網路也恢復了正常，只是坐在包間裏的那些公司頭目們依然沒有出現，全公司的人是大眼瞪小眼，不知道該做什麼，到最後，便三五人一組，聚在一起討論著昨天的事情，個個都很興奮，這輩子頭一回看見這麼大的場面吶。

劉嘯被這嗡嗡聲搞得頭昏腦脹，只得逃出了公司，到了門口，發現前臺的接待美眉正坐在那裏發傻，完全沒了往日的活潑勁，劉嘯便走了過去，在她前面的桌子上敲了敲，「怎麼了這是，魂丟了啊？」

接待美眉嚇了一跳，抬頭一看是劉嘯，又坐了回去，嘟囔道：「你怎麼跑出來了？」

「透透氣！」劉嘯往桌子上一靠，伸著腰。

「劉嘯！」接待美眉從後面拍了拍劉嘯的肩，「你說我現在辭職，警察會同意嗎？我覺得這裏有點不安全，想換工作……」

劉嘯一愣，隨即反應過來，看來接待美眉被昨天那陣勢給嚇得不輕，便笑道：「看來咱倆想一塊去了，我也想辭職呢！」

「是嗎？那我們一起啊！」接待美眉樂了起來，不過很快又鬱悶了起來，「可現在公司能管事的人一個都沒有，我們要是走掉，警察會不會找我們麻煩啊！」

劉嘯剛想說話，就聽前面電梯「叮」的一聲，一個人走了出來。劉嘯看清來人，便敲了敲身後的桌子，道：「看，管事的人來了！」

接待美眉還沒反應過來，就見劉嘯已經在擺手打招呼，「龍董事長！」

劉嘯一眼就認出了那白胖乾淨的龍出雲，龍出雲卻是愣了半天才認出劉嘯，於是伸出手，走了過來，「是你啊，劉嘯劉經理！你好！」

「錯了，錯了！」劉嘯趕緊更正，「我早都不在張氏了，我現在是你的員工，你就叫我劉嘯好了！」劉嘯說完，還把自己胸前的牌子豎起來，「看，三十二號安全檢測員！」

龍出雲一臉的意外，「你……你這是什麼時候到軟盟的？」

「有一段時間了，你是剛從國外回來？」劉嘯問道。

龍出雲皺了皺眉，「是啊，一接到海城警方的電話，我立刻飛了回來！劉嘯，公司到底出了什麼事？」

「是……」劉嘯張大著嘴，卻又搖頭，「我也不知道發生了什麼事，反正應該很嚴重！」

後面的接待美眉及時補充了一句，「軍警都出動了，荷槍實彈，就在我眼前晃來晃去！」

「這麼嚴重？」龍出雲吃了一驚，左右踱了兩步，問道：「那公司現在是誰在負責？」

「能管事的全沒在，也不知道是被軍警抓走了還是失蹤了！」接待美眉上前一步，囁嚅道：「董事長，那個，我……我想辭職，請你批准！」接待美眉嘴上說著，卻不敢去正視龍出雲。

龍出雲萬里迢迢的剛一進公司，碰上的第一件事就是有人要辭職，還是在這個節骨眼上，心裏別提多窩氣，想罵兩句，卻又沒好意思開口，就在原地踱著圈，不置可否。

「你辭職的事先緩一緩！」還是劉嘯推了推接待美眉，示意她別心急，又看著龍出雲，說：「董事長，你也別著急，現在這件案子是黃星大哥全權負責的，他是你的老朋友了，你去找找他，就清楚是怎麼回事了！」

「你怎麼不早說呢！」龍出雲一邊掏著手機，一邊就往電梯口走去，到了電梯口，他轉過身，道：「劉嘯，你跟我走一趟吧，公司裏的事你比我熟悉，咱們到公安局去把事情說清楚，看是不是誤會了啊！」

劉嘯沉吟一下，道：「行，我陪你去！」

龍出雲出門就聯繫黃星，黃星此刻就在海城市公安總局，兩人便直接奔那裏去了。

黃星看到劉嘯跟著龍出雲進來，有些意外，「你們認識？是劉嘯告訴你我在海城的吧？」

龍出雲點點頭，便衝著黃星開炮了，「我說你們到底想幹什麼呀，我們軟盟究竟是出了什麼問題，你們說檢查就檢查，說抓人就抓人，總得給我一個理由吧，這到底是怎麼回事！」

黃星笑了笑，按著龍出雲坐了下去，「你先別發火，我們辦事向來是講究證據的，不可能會隨隨便便就抓人！」

「到底出了什麼事，你現在總該能告訴我了吧！」龍出雲還是很生氣。

「事情該怎麼說呢！」黃星咬了咬牙，「是這樣的，前天晚上，軍方有一台機密通信伺服器遭到了入侵，追蹤來源，發現攻擊是來自軟盟的網路，軍方判斷可能是有人想竊取軍事機密，就直接下令抓人。直到昨天下午，軍方才把這個案子移交到我們手裏，至於具體的情況，我們還在調查分析當中！」

「怎麼可能！」龍出雲立時蹦了起來，「我們軟盟開張也不是一天兩天了，從來就沒出過這種事！這絕對是你們弄錯了！」

「這……，我也非常願意相信軟盟，更不願意看到發生這樣的事，但……」黃星站起來，走到辦公桌上拿起一疊照片和資料，「既然我們是多年的好友，那我也不瞞你，這些是你們公司員工的座駕和豪宅的照片，你看看吧！」

黃星接過手，劉嘯瞄了一眼，第一張就是店小三的那輛法拉利。

「這些奢侈品和你們公司員工的收入完全不對等，現在軍方認定，這必定是他們販賣不法情報所得，便借此向我們施壓，要求我們務必查清楚此事。」黃星搖頭，「我們這也是沒有辦法，如果你們的人無法解釋清楚收入的來源，那就很難辦了。」

「這……」龍出雲急速翻了起來，他沒想到自己公司的員工居然會擁有這麼多的豪宅豪車。

「我們查封了這些員工的電腦和住宅，確實發現了一些不明收入的線索，至於是不是他們販賣情報所得，我們還得做進一步的調查！」黃星頓了頓，「還有，你這次既然回來了，就多待幾天，等事情弄清楚後再走吧，你們公司現在是群龍無首、一盤散沙，都等著你回來收拾呢！」

龍出雲把那些照片往茶几上一扔，怔怔地在那裏出神，嘴裏喃喃道：「真是沒有想到啊！」

劉嘯一旁坐著沒說話，他覺得黃星挺厲害的，幾句話就把事情說清楚了，而且把事情全推到軍方，既堵了龍出雲的嘴，又不傷朋友之間的情義。

誰知龍出雲回過神來，卻道：「你的意思是，我現在不能走？你們是不是也懷疑我啊？」

「那倒沒有！」黃星立刻表明態度，「你們公司現在確實需要有人來管理，再者，我們也需要你的配合，希望儘快查清楚事情的真相。」

龍出雲不再說什麼，起身朝門口走去，今天的事情對他打擊太大了，經營多年的公司，一向是奉公守法，經營良善，現在卻被人告知公司裏養了那麼多的「網路間諜」，他哪裡受得了。

「我送你！」黃星急忙站了起來。

「不用，如果你們有什麼要問的，隨時可以來找我，我會配合的！」黃星搖搖頭，「劉嘯，送我回公司！」

回到公司，所有的人看到龍出雲，就像是看到救星一樣，董事長來了，公司就有希望了，至少不會垮。誰知龍出雲一個字也沒說，就把自己關進會議室，一關就是一天，連給他送飯，他也沒開門。

下班的時候，會議室的門終於開了，龍出雲站在門口，道：「劉嘯，你來一下！」

劉嘯趕緊過去，他也有點擔心龍出雲的狀態。

往日彌勒佛一般的龍出雲，此時看起來非常地沒精神，他關上會議室的門，道：「劉嘯，我有件事想請你幫忙！」

「你說就是了，不用這麼客氣！」劉嘯道。

「你這幾天幫我聯繫聯繫，等警方那邊有了結論之後，我想把公司賣掉！」

「啊！」劉嘯的眼睛立刻變成了燈泡，「為什麼？這又不是你的錯，你再好好考慮吧！」

龍出雲擺手示意劉嘯不必勸自己，「這事就這麼辦吧，我的心現在非常累了！」頓了頓，龍出雲又道：「還有，這段期間，公司的事便由你全權負責！」

有了龍出雲的話，劉嘯也就走馬上任，他對公司還算熟悉，便暫時指定了幾個部門的負責人，看看也指望不到什麼交接了，幾個人對著公司留下的那一大堆文件和檔案，進行了一上午的研究後，軟盟的業務總算是恢復了個七八成。

至於龍出雲要出售軟盟的決定，劉嘯勸龍出雲先不急著做最後的決定，等警方有了最後的定論之後再考慮也不遲。可龍出雲似乎是鐵了心。

劉嘯皺了皺眉，起身出了辦公室，他得去找龍出雲好好談談，就算是要將軟盟出售，也總得有個底限吧！

劉嘯趕到龍出雲所在的酒店，敲門進去，發現龍出雲正在跟人打電話，劉嘯便去洗手間回避了一下，聽龍出雲掛了電話，他才拉門走了出來。

「劉嘯，你找我有事？」龍出雲嘆了口氣，指著一旁的椅子，「坐下說吧！」

劉嘯看龍出雲臉色有些不對，「又出什麼事了嗎？是不是警方那邊有消息了？」劉嘯猜測著。

龍出雲點了點頭，「基本已經有了定論，黃星的人在老大這些人的電腦中找到了大量的線索。還有，警察還凍結了這些人的帳戶，據說個個裏面都有巨額的存款。」

劉嘯「哦」了一聲，問道：「真是他們販賣情報所得？」

龍出雲搖了搖頭，「這個倒是沒說，但這些錢肯定不是正常途徑所得了。唉……，他們在我眼皮底下這麼多年，我竟然沒看出他們會是這樣的人，我真是後悔啊！」

龍出雲坐在那裏，不住地長吁短嘆。

劉嘯聽這意思，似乎是黃星還沒有把案情的詳細情形告訴龍出雲，不過倒是有一點可以肯定，那就是這幫人肯定是難逃制裁了，看來得抽個時間往黃星那裏跑一趟，探聽一下案子的具體進展。

劉嘯記起自己來這裏的正事，道：「我能知道你為什麼一定要出售軟盟嗎？」劉嘯嘆了口氣，「軟盟能有今日的局面，挺不容易的！」

「唉……」龍出雲除了說話，便是嘆氣，「軟盟是我從無到有發展起來的，我當時成立軟盟的初衷，一是看出安全是大勢所趨，二是希望能給國內的這些優秀駭客們謀個出路。當時國內的駭客圈雖然很混亂，卻不像現今這樣浮躁，很多人崇拜駭客，學習駭客，但不知道駭客的出路在哪裡。我見過有很多天才的駭客，他們的技術足可以在網路裏呼風喚雨，但這些人現實中卻是經常混跡於網吧，或者是整天抱著一台老舊的電腦，一邊吃著泡麵，一邊做著駭客技術的研究。」

「我當時經濟條件還可以，於是註冊了軟盟，把這些人都召集到一塊，就這麼開始了創業。國內市場不行，我們就先轉戰國外市場，沒有名氣，大家就集合所有之力，潛心研究系統上的漏洞，最後逼得微軟一個月內發佈廿六個安全補丁，軟盟就此一舉成名！這些事，我到現在仍記憶猶新！」龍出雲難得露出一絲笑容，不過也是苦笑，「你再看看現在，軟盟已不是當年的軟盟，人也不是當年的人了，他們拿著軟盟賦予他們的光鮮身分當作擋箭牌，暗地裏卻幹著骯髒的勾當。我真是後悔，當年我遇到老大的時候，他就是個地下駭客，玩一些木馬病毒的勾當，我以為他不過是因生活所迫才淪落至此。」

「我對他的技術非常佩服，敗在他的手下我也是心服口服，是我把他招到了軟盟，我把他當作最知心的朋友，把軟盟交給他，他答應我會把軟盟做大做強，可現在……」龍出雲恨恨地砸了一下桌子，「我的心已經死了，軟盟也已經完成了它的使命，現在的駭客，已經不再只有軟盟一個出路，他們也不需要軟盟了！」

劉嘯聽完，唏噓不已，原來是這麼回事，他想了想，道：

「其實你想錯了，軟盟完成了舊的使命，便也是新使命的開始。我畢業的時候，第一選擇便是進入軟盟，因為這裏是駭客的聖殿，這裏聚集了全國半數以上最優秀的駭客，它是中國駭客的驕傲，更是中國駭客精神之所在。就是因為這個，我不容許中國駭客的精神被販賣！」

龍出雲聽了劉嘯這番話，不由有些激動，連道幾聲「好」，「看來我還不是一個徹頭徹尾的失敗者！」

「這麼說，你不準備出售軟盟了？」劉嘯有些喜悅。

「不！」龍出雲笑著搖頭，「軟盟的舊使命完成了，也就是我的使命完成了，我現在常年待在國外，精力不能全部放在軟盟上，才會發生這次的事情，而且我對駭客圈也已經漸漸有些陌生，所認識所交往的都是一些老人，所以，我需要為軟盟的新使命找一個新的接班者。」

龍出雲頓了頓，看著劉嘯，「劉嘯，我就把這事交給你去辦，希望你為中國駭客的精神找到一根強健穩固的支柱！」

大飛出公差回來，一進軟盟的大門，差點以為自己走錯了門，回頭再看外面站著的，確實是自己平常所見到的接待美眉，這才一臉納悶地走了進去，四處來回打量著。

那個小辦公區竟然憑空消失了，牆被全部打通，和外面的大辦公區連成一體，以前裏面擺放的那些電腦也統統不見了，取而代之的是兩張撞球桌，靠牆圍了一圈沙發椅，角落裏還擺著幾個放滿了各式飲料的櫃子，牆上貼了一塊標識牌：「員工娛樂區」！

「娛樂區？」大飛樂了，這是公司的高層要與民同樂啊，連自己辦公的地方都貢獻了出來。

大飛大搖大擺往裏走了幾步，便有些懵了，拍了拍旁邊一個正在寫程式的人肩膀，「咱公司的頭頭們都搬哪去了？」

那人抬頭，沒明白大飛的意思。

「我出趟差，回來公司就變樣了，我這出差的單子都不知道交到哪裡了。」大飛問著。

那人這才明白過來，趕緊往大飛背後一指，「吶，那不是嗎，門口有牌子！」

大飛回頭去看，發現以前會議室旁邊那幾間作為倉庫和備用會議室使用的房間，外面掛的牌子全部換了，改為「營運總監室」、「財務總監室」、「人事暨技術保障部」等等。大飛已經習慣了往公司深處的小辦公區看，以至於剛才竟沒有看到這個變化。

「謝了！」大飛再拍拍那人的肩膀，直起身來，往自己的位子上看了看，和走之前一樣，只是旁邊劉嘯的辦公桌及電腦都消失了，大飛十分驚訝，又問道：「我說，劉嘯哪去了？怎麼桌子都撤了，才幹這麼幾天那小子就跑了啊！」

誰知那人又往背後指了指，「在裏面呢！」

大飛完全懵了，自己出去不到一個星期，可怎麼感覺像是出去了三十年似的，大飛揣著滿肚子的疑惑，敲開人事部的門，發現裏面坐著的竟是平時給自己派工單的那人。

「這……」大飛又退兩步，看了看門上的牌子，沒錯啊！

那人此時卻站了起來，「大飛，你可回來了，來來來，先坐！」

「藍總監呢？」大飛問道，「平時專案分配的活不是都他負責的嗎？」

「別提了！」那人嘆著氣，給大飛倒了杯水，「就你出差這幾天，公司出了大事，老大他們都被抓了，連軍警都出動了，那陣勢，可把我嚇得不輕！你運氣好，沒遭罪！」

那人說到這裏一拍腦門，「哎呀，差點把正事給忘了。」立即拿起電話，撥了個號碼，「是公安局嗎？我是軟盟的，我們公司出差的員工又回來了一位！」之後便聽他頻頻點頭稱是，「好，我知道了！」

掛掉電話後，那人道：「看來是沒事了，萬幸，萬幸，這事總算是過去了！你運氣真不錯，在你前面出差回來的，還被警察叫去問話呢，現在到你了，警察說結案了！」

大飛仍是一頭霧水，「到底是怎麼回事？你倒是跟我說清楚！」

「是這麼回事！就……」那人正準備說時，傳來了敲門聲，「進來！」

進來的卻是劉嘯，那人趕緊站起來，「劉總監，你有事？」

劉嘯看見了大飛，不待回答那人的問題，直接過去一拍大飛，「你可回來了，就等你了，來，跟我來，咱們那邊說！」

「劉總……」那人又問著。

「哦，沒事了，你忙你的！」劉嘯笑著說了兩句，就把大飛拖了出去，轉身進了旁邊的那間辦公室，大飛看見門上的牌子「營運總監」，以前這可是老大的職位啊！

「劉嘯，公司到底出啥事了，怎麼一切全變樣了呢？」大飛迫不及待地問道，要是再弄不清楚，估計他都要急瘋了。

「先別著急，坐下說！」劉嘯把大飛按了下去，「你以前不說公司的包間不正常嗎？現在好了，一切都恢復正常了。幾天前，老大他們入侵軍方的一台通信伺服器，被軍方追蹤到了，包間裏的人全部都有嫌疑，所以統統被軍方帶走調查。現在這案子由『中神通』黃星負責調查！」

「呃……」大飛先是意外，隨後納悶，「老大他們貪財我是知道的，不過他們應該不會做這種事吧？」

「事情正在調查，很快就有定論了！」劉嘯笑說。

「不是，剛才在外面，公安局的人說已經結案了呢！」大飛急忙說道。

劉嘯很意外，怎麼結案了黃星也不告訴自己一聲呢，只好道：「警方現在還沒有向公司通報案情，估計是還不到公佈的時候吧！」

大飛點了點頭，「那你這又是怎麼回事，怎麼坐了老大以前的位子啊？」大飛困惑地說，「公司裏老人多的是，就算要重新指定總監，也輪不到你這個剛進軟盟沒幾天的人吧！」

劉嘯搖搖頭，「別提了，出了這事，董事長不就從國外回來了嗎，我以前跟他有一面之交，他在公司又只認識我一個，就抓我來暫時負責這一攤子事。現在好了，你回來了，我也可以卸下責任了！」

大飛防賊似的看著劉嘯，「你要幹什麼？」

劉嘯嘿嘿笑著，「公司的技術總監還一直空著呢，總得有人幹吧，我看就是你吧！」

「別找我！」大飛一聽就蹦了起來，「我還是當我的小卒子算了，自由，也不操心。當個破總監，誰知道什麼時候就把我給逮進去了呢。」大飛連連搖頭。

「暫時的，暫時的！」劉嘯把他又按了下去，「我正要跟你說這事呢，龍董事長準備出售軟盟，我勸了好幾次都沒用，看來他是鐵了心！」

「出售?!」

大飛的眼睛立刻變成了燈泡，這消息比老大的事還要震撼，自己早看出那包間的不正常，出事是早晚的事，但軟盟的日常經營並沒有問題，龍出雲沒有理由要出售啊，軟盟可是駭客界的一塊招牌，要是出售了，命運可就很難預料了。

劉嘯點點頭，「他把選買家的事交給我了，這幾天有好幾家過來談，但我都不滿意，直接給拒絕了！」

「如果這事真的沒商量，那就一定要為軟盟找個可靠的買家。」大飛皺了皺眉，這事有點頭疼啊，「國內的這些安全機構，我覺得都不能考慮，他們的實力都不如軟盟，他們要麼是窮盡自己全部的能力，勉強收購軟盟，這樣必定導致將來的經營出現困難；要麼就是資金雄厚，但他們收購軟盟後，卻不一定會以軟盟為主來發展。而國外的那些安全機構，就更不能考慮了，他們對國內的市場覬覦已久，一旦收購軟盟，就等於是將國內的市場拱手讓給對方。軟盟成立之初，國內市場基本是一空二白的。這些年，在開拓市場、宣傳和提高國內商家的安全意識方面，軟盟可是花了不少心血，好不容易現在市場有了起色，咱們絕不能讓老外撿了這個便宜。」

劉嘯點點頭，「我也是這麼想的！」

「不過……」大飛又捏了捏額頭，「要是讓圈外的財團收購軟盟，他們都是外行，根本不懂技術，現在的世道是，誰出錢，誰就是大爺，到時候，那幫大爺要是來個不懂裝懂，外行指揮內行，軟盟估計也完了，辛辛苦苦積攢的這點家當都得敗光了！」

劉嘯又是點點頭，「我也是這麼想的！」

「靠！」大飛蹦了起來，「你小子不要老說這句話行不行！現在該怎麼辦，你到底有沒有個主意啊！」

「有啊！」劉嘯笑著，「我想還是讓圈外的財團來收購軟盟，但必須在收購合同中明確寫明，財團不能參與軟盟今後的經營。」

「切！換了是你，你掏錢買來一件東西，東西到手之後，你卻發現不知道這東西要怎麼用，你會怎麼辦？你是反覆玩弄，直到弄清楚這東西怎麼用，還是會把它當作一件擺設供起來？大哥，這世界上最可怕而又最厲害的，就是外行的好奇心！」

劉嘯依舊笑著，「我已經有了兩個考慮的買家，他們都是大財主，而且是外行，但跟我關係還不錯，我準備利用這點交情去說服他們，讓他們收購軟盟，而又不干涉軟盟今後的運作。」

「不要太樂觀！」大飛不太相信，「大財主都很聰明，就算跟你關係不錯，買台電腦或許能聽你的，但現在收購的可是軟盟！」

「管他呢，試一試吧，只要把這些東西寫進協議，一旦他們簽了字，也由不得他們後悔了！」劉嘯說，「公司現在剛剛恢復點元氣，我就等著你回來後，由你來撐起這個攤子，然後我去把收購軟盟的事搞定！」

大飛此時也沒了辦法，只好皺眉點著頭，「好，我就委屈幾天吧。不過，你小子要是把這事弄不好，日後軟盟出了問題，小心我扒你的皮！」

劉嘯也不說話，轉身去桌上拿起一份檔案，「好，現在開始，這裏就交給你了！」

大飛驚愕不已，「你……你不會是現在就要走吧？」

「我去找董事長，把這份協議給他看一下，如果他沒有異議，我就去把收購的事搞定。總拖著也不是一回事，早死早超生吧！」劉嘯搖搖頭，出門去了。

兩個小時候後，劉嘯出現在海城的機場，龍出雲看了協議，沒有異議，而且是鐵了心要出售軟盟，劉嘯無奈，只得去一趟封明，他準備去遊說張春生這個土財主。

其實劉嘯的第一選擇是熊老闆，他跟熊老闆說了一下，但熊老闆似乎對於安全領域沒有什麼興趣，只說了自己會考慮，並沒有下決定。

買了機票，劉嘯就朝安檢口走了過去，準備接受安檢員的檢測。

安檢員拿著探測儀，在劉嘯身上上下掃了幾次，「好，過吧！」

劉嘯走下安檢台，準備去拿自己的身分證，誰知檢查身分證的安檢員朝劉嘯仔細看了幾眼，就站了起來，「對不起，你這身分證有點問題！」

「不可能啊，我上個月還飛封明來著！」劉嘯有些意外。

那安檢員也不跟劉嘯多做解釋，直接朝旁邊一招手，一個警察就走了過來，安檢員跟那警察低聲嘀咕幾句，警察便走到劉嘯身邊，「對不起，劉先生，請跟我們走一趟。」

「你們是不是搞錯了，我的身分證沒有任何問題！」劉嘯有些生氣。

「請你配合，你放心，我們會給你一個合理的解釋的！」警察的手已經放在了腰間的警棍上，這架勢很明顯，只要你不配合，就對你不客氣。

劉嘯無奈，強忍著怒氣，跟著那警察走進安檢口旁邊的一間辦公室。

警察把劉嘯的身分證和登機證往桌上一放，「請你在這裏稍等片刻！」說完，警察便走出辦公室，將門反鎖後，站在門口巡視。

劉嘯氣得在屋子踱圈子，倒要看看他們一會兒給自己一個什麼解釋。

沒想這一等就是半個小時，隨著咯登一聲響，有人推門走了進來，劉嘯一看有些意外，竟然是那天自己在軟盟見到的那個姓方的人。

「是你！」劉嘯奇怪地看著那人，「你到底是什麼人？」

姓方的人笑了笑，「你好，劉嘯，我們又見面了！」說完，他脫下自己的帽子，坐在劉嘯的對面。

劉嘯氣憤地說道：「我不管你是什麼人，我問你，我的身分證到底出了什麼問題？」

「你的身分證沒有任何問題！」姓方的那人還是在笑，「是你本人有些問題，所以我們暫時限制了你的出入。」

「我有什麼問題？」劉嘯反問，「我早都說過了，我從來都不認識什麼雁留聲和Wind！」

「不是這個問題！」姓方的搖了搖頭，「是關於那台機密通信伺服器！」

劉嘯心中一凜，難道這幫人在那伺服器上發現了自己的入侵痕跡？「我不明白！」

「我們的人事後對那機密伺服器做了詳細的安全檢測，結果發現了一件非常震驚的事情。」姓方的看著劉嘯，「竟然有人可以在安全等級如此之高的軍方機密通信伺服器裏進出自如，不但入侵了我們的伺服器，還在伺服器上開了個口子，故意放後面的人進來。而這一切，我們的技術員竟然毫無察覺。我們不知道對方是誰，也不知道對方是怎麼進來的，更不知道對方是怎麼做到這一切的！你說，這可不可怕！」

「你懷疑是我做的？」劉嘯反問。

「你我都不是傻子！」姓方的攤了攤手，「所以沒有必要繼續掩飾下去！給黃星報警的是你，軟盟他們原本要陷害的也是你，除了你設下圈套故意報復軟盟外，我們想不出還有誰會這麼做。」

劉嘯咬咬牙道：「沒錯，是我做的！」

劉嘯也不準備再隱瞞了，對方既然是黃星的上司，技術必定了得，自己和他抵賴，沒有任何的意義，反正自己當時決定用這招對付wufeifan時，早已想到會有這個結果。

劉嘯看著那人，說：「你們想怎麼樣，明說吧！」

「本來我們是要追究你的責任的，可念在你這樣做是出於被動，結果又是讓國內互聯網從此少了一大禍害，最重要的是，已經有人替你扛下了這事，所以我們也就不打算再追究了！」姓方的看著劉嘯，「我來這裏見你，是要告訴你，你沒事了，你的身分證也沒問題了！」

「呃……」劉嘯一時反應不過來，「什麼有人替我扛了下來？我不明白你在說什麼！」

「明人不說暗話，我已經說了不會再追究你的責任，你就不要再掩飾了！」

「我從來就不會說什麼暗話，是我做的，我自然會承認；不是我做的，你們也休想往我身上扯！」劉嘯道。

姓方的盯著劉嘯看了半天，絲毫看不出劉嘯有說謊的樣子，便奇道：「這倒是奇怪了，你說自己不認識雁留聲，也不是Wind的人，可為什麼Wind會放話出來，說這事他們來負責呢？」

劉嘯睜大眼睛看著對方，驚訝地半天說不出話來。

這是怎麼回事，自己和雁留聲、Wind素昧平生，為什麼他們要替自己來扛這個事呢？還有，為什麼他們這麼說之後，姓方的便不再追究自己入侵軍方伺服器的責任了呢？

這雁留聲和Wind究竟是何方神聖，居然讓黃星的上司也不得不對他們的話忌憚三分。

「另外，我還有句話要警告你，這句話也請你轉告雁留聲！」姓方的抓起自己的帽子，站了起來，「現在是講究法治的社會，你們憑自己的技術凌駕於一切法治之上，雖然你們認為自己是在行俠仗義，但站在法治的對立面，必定要受到法治的懲罰！你們好自為之吧！」

姓方的戴好自己的帽子，「對了，你要搭的航班現在正在等你登機，我們的人會帶你上飛機。咱們就後會有期了，再見！」說完，便轉身離開了辦公室。

劉嘯此時卻還傻傻地坐在那裏，腦子依舊全是問號！

請續看《首席駭客》五 連環圈套

# 首席駭客 四 駭客聖殿

作者：銀河九天
發行人：陳曉林
出版所：風雲時代出版股份有限公司
地址：105台北市民生東路五段178號7樓之3
風雲書網：http://www.eastbooks.com.tw
官方部落格：http://eastbooks.pixnet.net/blog
Facebook：http://www.facebook.com/h7560949
信箱：h7560949@ms15.hinet.net
郵撥帳號：12043291
服務專線：(02)27560949
傳真專線：(02)27653799
執行主編：朱墨菲
美術編輯：吳宗潔

法律顧問：永然法律事務所 李永然律師
北辰著作權事務所 蕭雄淋律師

版權授權：蔡雷平
初版日期：2015年8月
初版二刷：2015年8月20日
ISBN：978-986-352-182-2

總經銷：成信文化事業股份有限公司
地　址：新北市新店區中正路四維巷二弄2號4樓
電　話：(02)2219-2080

行政院新聞局局版台業字第3595號 營利事業統一編號22759935


**定價：280元　　特惠價：199元**



國家圖書館出版品預行編目資料

首席駭客／銀河九天 著. -- 初版. -- 臺北市：
風雲時代，2015.04-　冊；公分

ISBN 978-986-352-182-2（第4冊；平裝）

857.7　　　　　104005339